夢的標點

田原年代詩選

田原——著

目錄

【2011—至今】

詩歌 · 靈感 · 風格

　　我不太清楚自己的詩歌寫作是否擁有強烈的主觀自覺意識，對語言秩序的建立恐怕也是不自覺的，我更像自己靈感的僕人。不是風格產生詩歌，而是詩歌產生風格這一說法總使我共鳴。為風格寫作，創作會作繭自縛。風格是詩人筆下不自覺流露出的一種產物，它與詩人的氣質、思想、生存背景、童年經歷、生命體驗、價值取向、社會閱歷和知識結構以及凝視世界的姿態密不可分。

　　對他者的關愛、憐憫、旺盛的好奇心和對世界的感受力是我獲取靈感的來源。這裡的「他者」是廣義上的，也許是具體的人和大地星空，也許是一條河一棵樹一座城市一個鄉村等等。當然也可能是某一事件一個死者和具有抽象意義的歷史、時代、時間、生活、精神和靈魂。我的寫作基本上屬於有感而發，有時甚至像在黑夜等待星光的閃現，對縹緲、可遇不可求的靈感充滿期待。靈感不來光顧或狀態不佳時我會幹些別的，比如說寫隨筆、閱讀、翻譯、看電影、旅行等。在香港參加國際詩歌節跟幾位詩人同台發言時，我曾談到過自己是被動式寫作。總是先有那麼幾個詞語和句子不期而遇，然後引領我不得不立刻進入感受世界和表達世界的狀態，從而完成一首詩的寫作。不少詩作自己其實並不清楚是如何完成的。就個人經驗而言，更多的時候不是我在寫詩，是詩在寫我，這種狀態下完成的詩作往往能夠接近理想的質感。當然，積極主動想去完成的詩作也不在少數，像追趕蜻蜓和雲朵的少年去追逐靈感和語言。但這

類詩篇中，有不少追蹤了幾個月、幾年、甚至十幾年至今仍未完成。來無影去無蹤的靈感說不清道不明，帶有宗教色彩。希臘語中好像把靈感說成是神吐納的氣息。不言而喻，靈感是來自內心深處的衝動，只可意會不可言傳的神祕性我想沒有誰能把它說透澈，除非這個人具有跟上帝和神直接交談的非凡能力。我個人覺得靈感是離神最近的一個詞。

隨著寫作經驗的積累和人生閱歷的加深，愈發覺得謙卑的心態對寫作的重要性。同時也使我常常對自己的寫作產生疑問：很長時間自己怎麼反覆寫著同一格調的作品呢？詩人中當然不乏自我感覺良好者，為曾經寫出的詩作和獲得的名聲飄飄然，甚至在生命畫上句號時依然對自己的寫作缺乏自覺性。撇開模仿的層面，每個詩人都有一套自己的話語方式。語感、想像力、對詞語的運用和支配語言的能力都會因人而異，這種差異構成了詩歌的多元化。我個人更傾向閱讀語言辨識度高，其思想、心靈、想像力、精神性以及對他者的態度和凝視世界的姿態折射其中的文本。初學寫作時，我並不知道自己明確的敵人或對手是誰，寫了很久之後，驀然發現原來真正的敵人和對手就是我自己。於是，開始自己跟自己較勁，自己跟自己賽跑。試圖另闢蹊徑，做到不斷地華麗轉身以至於脫胎換骨——從一種寫法轉變到另一種寫法，從一種風格跳入另一種風格——在嘗試和努力時，飽嘗了超越的不易。詩歌並非修辭堆砌的那種高蹈語言的組合，也非修辭貧瘠缺乏難度和深度的口水式寫作，更不是空洞的振聲發聵和一味的自我情感宣洩。真正的好詩是超越這些概念的。詩歌的疆域和語言的邊界建立在詩人的良知、視野和感受力之上。對於詩人，語言永遠是一堵在默默長高的

牆，它看不見摸不著，卻考驗著詩人跨越的本領。

　　讀博期間，我開始積極地、如履薄冰地越過母語嘗試用日語寫作，樂此不疲地來回擺渡在兩種語言之間。這本詩選裡的相當一部分詩作皆譯自日語的原創作品。這些日語詩雖都是自己所寫，但在置換成母語時，有些詞語和詩句仍帶來挑戰性。毫無疑問，語言是思維的物質形式，思維驅動詞語進入詩歌的使命感和精神性，或曰詩人抵達詩歌本質的努力和對詩意的追尋，並不會因語言的不同產生太大的差異。詩歌寫作如同精神歷險，在經歷了種種自我磨練之後，發現不論是詩歌還是小說，一流的文學作品總是在個人化的基礎上與世界性或曰人類的普遍認知發生著某種內在的關聯。一首詩如何以多元文化的廣闊視野、帶有對人性和人類生存境遇深刻的洞察力、以高超的藝術完成度和文學的表現力去揭示詩歌的美感本質是我這些年的寫作目標。

二○二二年初夏　於日本

【 1981—1990 】

古陶

懷孕你的手指早已腐爛
大片森林被砍伐。船
載你順流而下
完好無損游到今天

一代又一代人為擦拭你的塵埃
死亡而又誕生
你仍是幾千年前的模樣
總用一種姿勢圖騰

終有一天，你將從父輩們的遺囑裡
走近我。那時
我會毫不猶豫地將你打碎

麗日

1

太陽忘記了流動
向日葵垂下頭顱
圍著它哭泣

2

木魚游出寺院
沉悶的鐘聲，加重
擔水和尚的腳步

3

所有的路都漂浮起來
地平線疲憊不堪
畏懼著延伸

4

瀑布飄成少女的披髮
明鏡的湖邊，鷗鳥
掙脫地球的引力

5

駱駝迷失在沙漠
仙人掌藏起一場風暴
蜥蜴咬斷自己的尾巴

6

獵人栽倒在野獸的路上
獵槍自動走火
撞響高天

7

肥沃的田疇上
一千隻鋤頭舉向高空
落下，砍破一千個人的踝骨

8

屋脊上的荒草隨風搖擺
中彈的樹木
懷著灼燙的彈片生長

海與雲

海像雲
在地上洶湧
雲像海
在天上翻滾

看見海
想起雲
看見雲
想起海

海是落下的雲
雲是升起的海
它們雖相距天涯
卻是一對孿生

蟈蟈

蟈蟈長在秋天
蟈蟈跳到玉米葉上
蟈蟈的觸鬚在陽光裡抖動
蟈蟈的叫聲娓娓動聽

蟈蟈被人盯上
蟈蟈被裝進籠子
蟈蟈無論屬於誰
都發出自己內心的聲音

蟈蟈用聲音包圍城市
蟈蟈用聲音取悅城市的歡欣
蟈蟈還是不被放出來
蟈蟈突破不出城市和籠子的囹圄

蟈蟈很想在城市走一走
然後跳到田野
蟈蟈夢想和莊稼一起成熟
然後被農人收割

蟈蟈在城市裡漸漸枯瘦
蟈蟈在籠子裡的叫聲漸漸低啞

蟈蟈用盡最後的力氣
用自己的聲音埋葬自己

蟈蟈從籠子裡倒出
連同留著它齒痕的秋天
一具柔軟冰涼的屍體
靜靜泛出綠光

畫

風連滾帶爬地
擁進小巷
我打了個趔趄
小巷皺起了眉頭

太陽一瞬間消瘦了
無精打采地炙烤著
陽台上的衛生褲頭和尿布
我深深地歎口氣
繼續走我的路

盡頭，滔滔的京杭大運河上
一位老翁，頭戴斗笠
唱著船歌搖著櫓

我一動不動地站著
握緊寫詩的筆

我來到一位少女自殺的地方

那是上午，我剛從失眠的困頓裡醒來，一位少女自殺的消息狂飆一樣吹我個趔趄。我無法再去重溫昨夜寫下的詩行，打不開堆放我案頭急著要讀完的書，腦子裡想像的、心中記憶的、血脈裡流淌的，甚至每一根神經都在為那棟我熟悉的教學樓顫慄不安。整整一個上午，我拖著沉重的步履，來到她自殺的地方……

——题记

外面起風了
我一下子變得羸弱並被吹彎
像風中直不起身子的小樹

我註定不再寫詩了
木然如一具行屍走肉
僅帶的一枝筆比上膛的槍
沉重。穿過長長的過道
穿越一個季節，身上
落滿了十二月的陽光

這裡是我熟稔的樓房
紅磚紅瓦浸透了誰的血？
樓上是屬於汴梁的天空

此刻，它在痙攣
樓下是中國的土地
此刻，它在震顫

我站著不動，這裡
似乎什麼也沒發生
只是太陽漸漸西落，陽光
漸漸變冷

我看見很多人如落葉的
樹木。許多路漂浮
潔白的雲朵飄來飄去
不知去處
夕陽在失血

我聽見很多聲音
風的聲音天空的聲音
鳥的聲音石頭裡的聲音
很多聲音都似在嚎啕

我來到一位少女自殺的地方
寫下這些詩行
不僅僅是為了緬懷和悲傷

秋天的土地

它們又恢復了原始的寧靜
秋天的土地,當一片片莊稼
被我們收割,一片片荏地和枯草
被錚亮的犁鏵深深翻過
秋天的土地
又恢復了原始的寧靜

這是一望無際的海
靜靜地與藍天對望
一浪又一浪的泥香撲面而來
秋天的土地,深沉而又安詳

扳彎手指也無法測算它的滄桑
踏破鐵鞋也無法丈量它的寬廣
秋天的土地,只有傾注了我們的血汗
它才會捧出生命的芳香

它們又恢復了原始的寧靜
秋天的土地,當我們從它
鬆軟的脊背上穿過,一個個深深淺淺的
腳印,是我們獻給它的
詩行。秋天的土地
又恢復了原始的寧靜

【1991—2000】

作品一號

馬和我保持著九米的距離
馬拴在木椿上　或者
套上馬車去很遠的地方
馬離我總是九米

馬溫順地臥在地上
是一位哲人
馬勞作田間
是一幅走動著的裸雕

我和馬也保持著相等的距離
在室內靜靜坐著　或者
去了別的地方
我離馬的距離總是九米

馬掙脫了木椿
或掙斷了韁繩
在很遠很遠的地方撒野
奮──蹄──長──嘯
馬怎麼也馳騁不出
我們之間的九米

很多草都枯萎了
馬咀嚼著還散發出清香
那清香離我也是九米

馬和我之間的距離
很多年來不延長也不縮短
從活生生的馬到青石馬
我們之間的距離
永遠都是九米

枯樹

這是一棵經年枯樹
它從何時枯
又將枯至何時
無人知曉

眼前的樹是枯的
以後的樹還是枯的
枯樹永遠都是枯的

它被剝光的軀體
乾裂的傷痕無法癒合
它的毛髮和牙齒早已脫落
長成了周圍和我一樣年輕的樹木

它斷了大半截的枝幹
太像手臂，舉在空中
祈禱。有風
它頻頻向誰招著手
無風，它靜靜地指向
正午的太陽

因此，我不經意地瞅它一眼
目光都成了憑弔和瞻仰

牆上的鳥

我整整熟悉你了兩年
始終弄不清你究竟是誰
鳥，牆上飛翔的鳥
你為何不飛出我的屋子

我是在一個雪天
在一個被西北風掀動的
舊書攤上買回了你
而又一個雪天來臨了
你豐滿的羽毛依舊豐滿
你歌唱的眼神依舊在歌唱

整整兩個春天
兩個春天裡的鳥都在夏天
幸福地結合了
它們繁衍的孩子
果實和秋葉般棲落大地
白雲和雪片般飄滿天空

當一個冬天又飄下雪花
鳥，牆上飛翔的鳥
我終於知道你為何

不飛到窗外去
在田野、在瓦礫、在樹丫間
覓食、嬉戲和尋找愛情

夏祭
——獻給川端康成

這是夏天，我為你燃著
爐子。東亞
你被水圍困的家鄉
一位中國青年詩人的雙手
寒冷得顫抖

我拍馬過海，東渡
為一首詩，一張消瘦的面容
為一條海，一雙憂鬱的眼睛
我真真渡水而來啊！

面對夏天和爐子
我看見跳動的火焰裡
你全身長滿魚鱗般的雪片
皚皚飄至我的眼前

我因此又不寒而顫
夏天之外，太陽之上
冰封的雪國裡
是誰步履沉重地走過

面對雪國，在你寫滿漢字的
國土上，我閱讀了
你寒冷的一生
仰視和聆聽，你仍如以往
踽踽獨行，伊豆的舞女
為你翩翩，她們櫻花一樣
飄向你。外面的樹木
為你舞蹈，一千座寺院的
鐘聲為你鳴響

而你本是一塊沉默的石頭
冰冷而又熾熱
後來漸漸出現了裂痕
這便是你的川端之源

在你源頭和你流經的地方
在你熟諳中國的全部裡
康成！我只帶來了中國詩
五千年真實的聲音！

這也使我常常緬懷，坐騎的馬

嘶鳴著奔回了彼岸。想起
它們嗒嗒嗒地又飛奔而來
將我從夢中踏醒的激動

或許我還年輕，我不知道
有馬的國度裡，馬匹們為何憤怒地
四處私奔。無馬的國度裡
你這匹瘦小的悍馬
又為何早早馳騁天國
康成！康成！！康成！！！

春天裡的枯樹

春天裡的樹都綠了
枯樹還是冬天裡的樣子
我常在春天散步
總是不自覺地就走近了它
站在樹下，望天
天清澈而又湛藍

有時，坐在屋裡
隨便外面的一瞥
目光就會落在
枯樹的枝椏

就連我觀察過的鳥
牠們從枯樹上飛走
肯定還要飛回來
在枯樹上棲息

也許它沒有了血液和呼吸
它的根，也許正腐爛在
看不見的土裡
但，只要空中有風
它枯瘦的手指

便會彈奏出鏗鏘的旋律

它一年四季都裸露一種顏色
一年四季裡它沒有言語
風中雨中，明裡暗裡
沒有一點修飾

在春天葉片的遮掩裡
枯樹是唯一真實的風景
枯樹
生命的旌旗

弘法大師

　　平安初期的和尚，日本國真言宗開祖。八〇四年西渡留學
長安，研讀漢學與佛學。八〇六年歸國，創建有金剛峰寺和京
都綜藝種智院。著有《性靈集》、《三教指歸》、《文鏡祕府論》
等，為日本佛教先驅之一，也是日本詩學批評的鼻祖。

——題記

　　空海，載滿一船的人
　　在一場風暴中化作了浪花
　　唯獨你和斷桅的船
　　顛顛簸簸漂到了西岸

　　你身披袈裟，黃黃地
　　一身潔淨。你步履輕輕
　　趟起古長安的煙塵
　　落在目光之外

　　鐘聲轟起。大雁塔
　　六十四米的高度神不可測
　　一股風，輕柔而有力
　　在通往印度的絲綢之路上
　　吹起，吹進你的皮膚
　　你眼前的世界，嶄新得錚亮

一扇門正徐徐為你啟開

風鐸啞默。一束花
二度從你合掌的手心間
落下，不敗在同一個瓷盤
一尊雕像的瞳孔為你漲大
梵音嫋嫋四起
木魚悠悠蕩蕩
神龕明明滅滅
點燃你的心之燈

和歌山的金剛峰寺和京都東寺
散發同一種光芒。一千雙手
打開《三教指歸》，然後
輕輕為你合掌

郡山城跡印象

位於奈良縣北，是戰國時代豪族們的爭奪之地，一五八○
年建成，石牆木房，古樸幽雅。城內設有歌碑、句碑和著名的
柳澤文庫。在日本建築史上頗具盛名。

——題記

從石砌的城堡上下來
已是午後三點
走在銀杏樹搖動的濃蔭裡
陽光仍像熟透的麥芒
尖利。皮膚
有一陣被灼燙和刺扎的蜇痛

那位用冰鎮烏龍茶招待我們的
老人，城堡的繼承者
稀疏的白髮梳向背後
他時斷時續的回憶
讓我想起，城堡內的風雨
和站在城牆上伸手可觸的
一塊退不去的雲

混濁的護城河漂滿了垃圾
一棵枯死的樹倒伏在中央

露出水面發白的斷枝上
兩隻烏龜重疊在一起
像是做愛
頭在陽光裡伸得長長

一塊草坪上，穿短褲的男孩
發瘋地捕捉蜻蜓
他激動的驚叫
全是濃重的關西方言
我一句也沒有聽懂

實在是累了，從城堡上下來
三點鐘，找一條木製的凳子坐下
卻是石頭的感覺

四月的情緒

天說下雨沒下
人們都攜傘走動
在霧裡

我在睡夢中被搖醒
被一隻無形的胳膊扯向
二樓。坐在朝陽
而沒有陽光的窗前
等

室內熏黑的牆壁漸漸變白
我把臉轉向窗外。目光
反覆擦亮一塊玻璃
離去的人影，酷似
我兒時伏在樹上看過的
密密爬行的螞蟻，和在草葉上
戲逗過悸悸蠕動的昆蟲

綠樹和櫻花都被
罩上了一層面紗
遠遠地，透過霧和時間
它們像臨嫁的新娘

羞澀地等待綻放

人說來沒來，肩上
總感覺是放上了一隻小手
那嫩白的溫熱
湧遍了我的全身

斷章

1

神社裡泛白光的
是去年的落雪
一陣寒冷，來自
剛被秋風颳走的夏季

2

棕櫚樹的手掌合攏
孤伶伶地兀自懺悔
雲變低了，擦著
石獅子發亮的鬢鬆

3

老鼠逃離糧倉和農田
屬鼠的人閉門不出
磨尖牙齒
一隻老鼠在乾燥的季節裡
蹬起塵土，嘲笑說
人都在笨拙地打洞

4

手無寸鐵的鬼變得膽小了
在黑暗的深處，一點一點地
吞噬光明。從此
英雄顯得懦弱和膽怯

5

花貓找到了它斷掉多年的尾巴
卻永遠地失去了在橫杆上的平衡
蝙蝠衝出夜晚，飛進白天
陽光透過它充血的翅膀
是黑色的

6

偌大的湖乾涸了
一首船歌陷進泥沼
食魚的鳥在空中凱旋
白鷺的一隻腿縮回腹內
揚起頸，唱起生命的輓歌

7

貓頭鷹飛進人家
遒勁的指爪抓破寧靜的時間
彎鉤的嘴發出彎曲的叫聲

饕餮盡瓷盤中的圖案

8

詩人們逃離家園
帶著自己的玫瑰隨島漂流
修路、造屋、耕種、釀酒
把鞭子狠狠地抽響在
異國的脊背

9

九名處女手挽手走出花園
唱著民歌，扭動
她們成熟的臀部
隔著一條淺淺的小河
她們的歌聲一點點地嘹亮
——處女的聲音

10

黃昏升起
有人去月亮裡植樹
白兔子驚悸地躲到
杵臼舂米婆婆的裙下
月下，玩彈弓的少年
如今在拆裝手槍

11

一片野生的向日葵在午夜
為梵谷枯死。星星隕落
被誰撿起。又是誰渾身發光
像燃燒的火焰
走向枯草叢生的墓塚
去點燃那些經年的魂靈

12

那麼多的石碑都風化了
仍有人在石頭上日夜鑿刻自己的名字
不朽的願望總是比靈肉先腐爛
無數逝去的光陰足以證明
人死了，是去了目光之外的地方
重新誕生

13

天空寒冷得痙攣的時候
雪是開在空中的花朵
大海的一端連著雲
雲分娩出太陽
太陽墜進黑夜

14

風從一片草葉上吹起
跌摔在通天大廈的牆下
敞向白雲的窗子裡
年輕的貴夫人圍著發高燒的狗
憂傷

15

一個火星接一個火星在前方閃爍
一片又一片大火在身後熄滅
雪融化在了遠方
水卻又在近處凍結

音樂

讓我搬去心中
堆滿的石頭
刈盡亂石下委屈生長的雜草
用曾被別人握痛過的手
開墾出一塊草坪
讓草香引紅馬和羊群
自遠方踏踏而來
啃草或奔跑

我要搬出情人坐過的椅子
面朝南，看白色樂手
全身沾滿高處的陽光
自天而降。聽金屬鳥
啾啾嗚嗚從四方翔來
在草坪上棲落
覓食或交尾

少女與牆

1

你踮起小腳尖
牆就矮了

趁我不在的時候
你越過牆，帶走
我們全部的音樂

隔著一堵牆
我的表情漸漸衰落

2

老去的日子，陽光
依舊帶著櫻花的氣息進屋
我日夜圍抱的爐子
火焰也疲倦了

清脆脆的笑和削過的蘋果
被你雪白的牙齒弄出聲音
透過牆，你瘋狂的芳香
圍逼我喘不過氣來

3

你在火焰中的舞蹈
是你的舞蹈嗎？
我捶擊著厚厚的牆
問

4

我們馬一樣跑過的草原
在我們的身後被洪水淹沒
一艘小身子的船游啊漂啊
終於擱淺

牆堵住了船的小腳

與冬天無關

1

雪重重地壓在枝頭上，喘息
像一隻吃胖的白貓
從樹上下不來

2

樹上的天鍋底般地黑透了
烏鴉黑色的高叫泛著亮色
無色的寒流在黑幕下穿梭

3

夜晚降臨了
像一位登基的黑心腸帝王
它企圖想征服一切
征服被陽光照耀過的萬物

4

夜與雪是兩種顏色
夜再黑，雪還是潔白的
雪再白，夜仍然漆黑

5

風從雪上吹過
風變成白色
少女從雪上踏過
雪染白她多彩的夢

6

常春樹的葉從雪裡探出綠光
在餓狼的瞳孔裡搖曳
冰上的石頭渴望到冰下去
冰下的石頭喘不過氣來
乞求著魚的呼吸

7

在雪的重壓下乾燥的枯草
祈願著被野火燃燒
那葉莖上還留有牛羊的齒痕
和鐮刀刈後痛疼過乾涸的綠色血斑
它們拚命地長出牙齒
瘋狂地——
然後，咬緊雪下的土地

8

黑黢黢的夜壓下來

白淨淨的雪落在夜裡
簷下的鳥忘記了歸巢
它們寒冷的啾鳴
凍傷一隻扣動扳機的手

9

遠方，黃昏的燈影
以夜和雪的兩種色調閃爍
廣場中央的裸雕
在哀求著腳印
「請給我帶來件鴨絨襖」

10

雪在夜裡重疊
夜在雪上凍結
樹上的雲像一塊黑乎乎骯髒的抹布
凍硬在天空

夢

銀色的世界裡
白皚皚的父親站在船頭
他輕輕撐竿
船就被水漂走

從島上到陸地
是一夜間的距離

瞬間的哲學

1

樹長老了，少女
騎馬從我的窗前踏踏而過

2

有人在三樓的陽台上晾曬衣服
情不自禁的水滴像少婦
憋足的雙乳

3

時間飛翔
騎馬的少女飛翔

4

黑貓臥在頹廢的垣上
它的一隻眼圓睜，另一隻閉合
酷似渴望愛情的雕塑

5

哭哭啼啼的聲音由遠而近

看不見面孔，白色花束和酒
被供奉在路邊

6

是誰在空中大喊
我們生活在白天
猶如漫遊在黑夜

7

真正的雨落下來
淋濕蹄音，路
疲倦得想消失

8

太陽也疲倦了
星星和月亮停止對話
風偎依在樹的懷裡

9

忠實的路從不欺騙腳步
人還是在路上迷失

窗外隨想

樹和路漸漸消逝
太陽滿臉汙垢，蓄長了鬍鬚
像久病不起的老人
虛弱，奄奄一息的光裡
白種人騎在雕刻復活的獸背上
黃種人在屋簷下聽風候雨
黑人和棕色人種被戰爭的硝煙彌漫著上升……

窗外，我看見
一半的地球上
億萬年的積雪
在融化。暴漲的大海
──地球顫抖的嘴唇呀！

海水、海水
終有一天，你會
漫過我三樓的窗口
將我溺死

雪的牙齒

小雪是小蟲
大雪是大蟲
它們紛飛在空中
瘋狂而匆匆
饕餮銀灰色的瓦礫
吃盡四季長青樹木的綠
碧藍碧藍的天被雪的翅膀遮擋了
巍巍峨峨的大山被雪壓矮了

雪撲向火焰
雪是燒不死的蛾

怕冷的太陽躲得更高了
怕冷的人透過暖房的玻璃窗
為雪思考著美麗的辭藻

我立在雪地上
我也是一隻雪蟲
向著挺進的目標
蠕動

雪落在地上

雪的眼睛盯著我的踝骨
雪的牙齒咬緊我的行程

雀街

雀街是一條以出售鳥和昆蟲而聞名香港的街道，每天吸引很多來自世界各地的遊客。

——題記

樹木消失，繁盛起來的是人類
被砍伐的森林製成精緻的鳥籠
囚禁著凌厲飛翔的魂靈

風是天空下唯一的漫遊者
詛咒著滿街亂撞
迎著九點鐘的太陽
我從街西走向街東
踩著地上被水潑濕的陽光
踩著人鳥噪雜的塵囂

我看見被關在籠子裡的鳥
雙腳被鐵絲拴綁在金屬上
籠子裡的昆蟲嘲笑著它們
人類在昆蟲的嘲笑中
匆忙地出售鳥聲

一隻鳥以充血的眼睛沉默著

它清臞的軀體上血脈暴起
而另一隻不甘沉默的鳥
我聽懂了它沙啞的鳴叫

「請還我以森林和天空
請給我以刀槍
我要讓人類剪掉我們翅膀的手
還原我們飛翔的翅膀
我要重新向著太陽飛
將一腔熱血灑向蒼穹」

我的耳朵裡響徹著鳥兒們滴血的啾鳴
目光不敢再觸碰牠們駄過天空的羽翎
甚至不敢去想牠們棲息和翱翔過的風景
我知道，作為人類的一員
我已經犯下不容鳥兒們原諒的罪行

香港印象

打開三樓的視窗
蹀躞的風累了

一幢頹廢的舊樓
像一位肥胖的老人在出汗

汗臭遍處彌漫，遠遠的島上
大海的氣息被曬乾

一艘船靠岸了，像耕完地的老牛
在碼頭喘氣

鴿子低飛著樓落，在地上
摹擬著夢想飛翔的人類走步和覓食

樹在樓蔭裡結出憂鬱的果實
枝丫間掛滿垃圾的旗幟

計程車和雙層公共汽車是甲殼蟲
地鐵是帶電的蚯蚓

水從三十二層陽台晾曬的衛生衣上落下

滴在日本遊客的頭頂

海灘上，亞洲女郎枕著歐洲男人的臂彎假寐
廉價旅館前，印度人和黑人在高談闊論

物質的富翁
精神的乞丐

太陽和月亮變成了方形
星星圓圓的光被喧囂擋在了高空

那位在豪華宅第被女傭簇擁的詩人
他貧乏的想像比女傭還窮

白天，香港是用積木擺起來的
夜晚，香港是掉在湖裡的繁星

踥蹀的風累了，在樓下繼續歌唱
我打開三樓的視窗聆聽

給愛情

即使你被塑成雕刻
被永遠地固定在一個地方
我也會天天撲向你
吻亮你銅鑄的嘴唇

車過長江

佇立車窗，目光與太陽一起打量江面
長江竟因此羞澀
滾滾渾水、裸背縴夫以及岸邊的綠樹花草
一艘船彷彿載滿薄霧和陽光

在江中，船沉重地逆水向西
笨拙如拽動著千年歷史
欲穿越列車轟隆隆輾響的現代大橋
西去，駛向我未知的風景
煙囪裡噴出濃郁的白煙
使變低的天空壓痛大地

船將載著太陽
於西天長江的上游裡沉沒

騎馬者‧牽馬者‧馬

騎馬者比牽馬者先累
牽馬者和馬走在草地上
騎馬者走在馬背

馬踩倒了四棵草
牽馬者踩倒兩棵草
被踩倒的草不是假寐
它們委屈地伏在大地的胸脯
強忍著淚水

沒有誰知道他們的去處
牽馬者不知
馬不知
騎馬者也不知

他們踩實鬆軟的笥地
他們踏破樹陰的恬靜
他們穿過十里飄香的果園
唯有雪天，騎馬者躲進溫室
指令牽馬者把馬餵肥

牽馬者越來越瘦

馬疲憊不堪
牠清脆的蹄音變得沉悶
騎馬者臀下的鞍
如同枷鎖的魔爪
深深陷進馬的脊背

遠遠地遙望他們的背影
牽馬者和馬是一個可愛的小不點
向著前方蠕動
騎馬者飄浮在半空
是一塊陰霾的烏雲

有一天，緊握鞭子的騎馬者
累了。他要下馬
點燃草、莊稼和樹木
牽馬者變成了屠夫
馬變成了一片白骨

吉野山印象

我幫一位山民的家
改裝了窗戶，然後
換去他們房頂
百年前被隕石擊碎的瓦
在高高的房頂，我看見
屋後一棵年輕的柿樹
枝丫上結滿的柿子
紅透在更稀薄的空氣裡

這是一家普通的朝陽民居
坐落在被一棵大樹劈成兩半的陽光裡
我在另一半的陽光下
從房頂又攀上了屋後的柿樹

我的腳沾滿了樹下的鳥糞
在樹杈間，我看見鳥
在寬敞院子的上空盤旋。它們的叫聲
壓弱我們在院裡取暖的火苗

白煙散盡
遠處的一座山林開始變白
一場雪正不緊不慢地飄向我們

我感到了，冬天寒冷指爪的
逼近、尖利和無情

透過鳥兒們的聒噪，我聽見山民
親切的呼喚。從柿樹上滑下來
老山民送了我許多有趣的玩意兒
五十年前他父親的拐杖
一百年前他爺爺的鏽劍和一份
無法寫出來的傳家寶

帶電的鳥

站在戶外的電線上
你的雙爪抓緊電流
抖落的羽毛落在田裡
你的啾鳴隨雪片
飄向四野

彷彿在看一場雪
無情地覆蓋山崗和村莊
炊煙在飛雪間變黑著上升
你那林間枝椏上的暖巢
正被雪的利爪雕刻成白房子
白房子裡曾經有將你的羽毛和骨骼
一同嚼碎吞噬的怪獸
白房子使你無家可歸

一片片雪從你的羽翎上滑落
像在擦拭你的飛翔
你的翅膀變得更光亮了
越來越低的天空和肆虐的寒流
壓不低你展翅的高度

鳥，戶外的鳥

我多想騰出一間屋子給你啊
可你又太曉得人類設下的圈套
我知道，有時
你很想飛到我的簷下躲一躲
避風或者暢想
可你又提防著我是否暗藏有
捕捉你的網和槍

你在電線上站立了很久
像是在充電
鳥，戶外的鳥
在黑夜到來之前
我多麼想知道
你閃電般地翱翔向何方

馬路

我常常告誡自己
永遠不要再打開
面向馬路的小窗
透過玻璃
天在馬路上漸漸變暗
樹在樹蔭裡痙攣
在馬路邊佝僂著身子
亂舞，彷彿痛苦的幽靈
它無節制一閃一現的舞步
踩痛了路
汽車和電車因它
而放慢速度

這是一條通往祖國心臟的馬路
它古老、明亮而又布滿凸凹和泥濘
在記憶的遠方
馬匹們順著馬路渾身熱氣騰騰地
馱過一代君王
如今，在馬路的盡頭
君王只留下了破舊的宮殿和廣場
累死或是被戮殺的馬
牠的鬃毛長成了路兩邊的樹木

牠的白骨長成了城裡的房屋

我們祖祖輩輩都居住在
馬路邊的屋子裡
爺爺是趕過馬的人
父親是做過馬的人
我是馬的懷念者
兒子是迷戀騎馬的少年

我永遠地關閉了
面向馬路的小窗
每當夜深人靜
我總是聽到馬兒們
在馬路上揚起塵土的蹄音
我的小窗便像草原
映現出馬兒們吃草、撒歡和馳騁的姿影

城市

誰敢說城市不是一座垃圾場
誰敢說城市不是一塊葬人的墓地
誰敢說城市一萬年後不會沉於海底
誰敢說城市不會毀於核電廠爆炸的結局裡

誰能保證不會再有人從空中的樓閣跳下自殺
誰能保證鋼鐵和石頭使漸漸變重的城市不再下沉
誰能保證廣場上不再響起槍聲坦克不再從人身上輾過
誰能保證不會再有乞丐、罹難者和流浪者露宿街頭

誰能弄清城市的下水道裡寄生著多少隻耗子
誰能弄清城市每天喪失了多少處女
誰能弄清城市裡藏有多少祕密和詭計
誰能弄清城市帶刺的玫瑰每天扎破多少好色的手指
誰能弄清每天有多少滴淚從城市人的眼睛裡奪眶而出

誰能阻攔火災、凶殺案、吸毒者和愛滋病不會再發生和蔓延
誰能阻攔變態和癌症、不妊症和陽痿患者不會再增長
誰能阻攔妓女和淫婦不會再洞開自己讓男人進來
誰能阻攔公共廁所的牆壁上不會再有人塗畫性器和淫語

誰能描繪出城市黎明的顏色

誰能描繪出風在城市裡的足跡
誰能描繪出警車、救護車的鳴響和市長在轉椅上的響屁
誰能描繪出噪音、醫院裡的哭聲和死囚犯行刑前的心理

誰不知道城市像脆弱的玻璃不堪一擊
誰不知道城市經不住火的燒烤和洪水的洗禮
誰不知道城市在高價拍賣著文明、低價出售著虛偽和野蠻
誰不知道獨裁者和偽善的總統暗地裡搞著一樁骯髒的交易

金子說有一天它會在城市的金櫃和銀行裡腐爛
木頭說有一天它會被城市燒成灰燼四處飄散
火焰說有一天它會變成尖利的牙齒吞噬盡城市所有的生靈
土地說有一天它心中的種子會顛覆它身上的城市
水源說有一天它會乾死城市的喉嚨

對一個夢的追述

先是狼嗥聲。它讓
我們的身體越靠越近
我們手攢的鐮刀割不斷莊稼
割破的是陽光和我們的手指
陽光被風吹走，大地
被我們流血不止的手指染得鮮紅

（鮮紅的大地上，莊稼倒伏一片畏縮著，像一團降兵）

我們用流血的手指殺死一隻報喪鳥
學著屠戶退雞和開膛的樣子
退去牠的羽毛和爪上的老皮
用鐮刀割開牠的胸脯
我們摘去牠熱呼呼複雜的臟腑
割掉牠兩葉肝臟間的紫色苦膽
然後在地頭有鳥巢的樹下

架起鋁合金鍋，燉煮
鳥死了，鳥還在用牠的死亡
在火焰上的鍋裡
啾鳴。隨著白色蒸汽
被風帶給更遠的田野

我們圍著火焰漸弱的鍋

忘記了手指流血不止的痛疼

和太陽的隕落

我們啃盡了鳥腿和鳥翅上的肉

我們嚼碎了鳥脖子上的皮和骨頭

在夢中吃鳥，鳥恰恰如夢

沒有誰能記述出牠的味道

我們知道，等黑夜降臨

飢餓的狼群肯定會來，尋吃

我們啃吮過的鳥骨

黎明前的火車

1

沒有誰會像我這樣傾聽著它轟隆隆的聲響
在三公里外的一個被樹木遮蓋得嚴實實的村莊
在一張用枯死的老榆樹製作的木床上
窗戶將十二月的寒冷緊關在了外面
火車的聲響是從吻合不嚴的門縫和牆體罅縫傳過來的
轟隆隆狂鳴的節奏不亞於高分貝的搖滾樂
動聽高亢、激越抒情加速著我血液的流動
我揉掉了粘在眼睫上凝固的黑夜
除了啼鳴幾聲的雞和狂吠的狗我將是第一個從長夜醒來的人
火車轟隆隆自南向北像是正通過我常走過的涵洞
涵洞像一張大鼓被火車擂打得咚咚嗡嗡直響
轟隆隆、轟隆隆

2

北去的火車讓我想起初夏的一場愛情
我們學著火車在鐵軌上奔跑，向北
向著離冬天和夏天最近的北方
那一天，我們跑過了火車
我們比火車先到達了終點，我們到了
火車還沒有運來翌日的黎明。遲到的黎明

使我們的雙目變得黑暗。而我們黑暗的眼前
正是太陽的心臟。我們摸索著
我們只能摸到呼喊，濕漉漉的
我們只能摸到麵包和汽水，摸到一雙雙溫暖的手
其實我們早已忘記了飢餓，我們在黑暗裡奔跑
像這輛黎明前的火車
我們發著微弱的光
向著漫長深邃、頑固和沉重的黑暗
我們的頭顱在太陽的牆壁上碰得血流不止
我們喘息著，呼吸著我們的祖國
我們的祖國在我們青春的軀體裡氣喘吁吁
像在我們健康的體魄裡患了哮喘病
而我們都是懂得它病因的青年醫生
我們手中的藥殺不死祖國體內的病菌
祖國體內的病菌在殺戮著我們

                    3

她倒下了，我鍾愛的情人。在初夏的黎明前
在此刻火車通過的時間
她被在太陽下成熟、飽滿的向日葵的籽粒命中
而這棵向日葵曾經是我們心中的太陽神
我們是沐浴著它的光芒長大的一代

小時候我們圍著它跳舞唱歌

長大了我們仍把它敬仰和歌頌

她卻倒在了血泊裡。倒在了無根的向日葵下

用最後的一聲細小的呼吸說了聲「中國啊，中國！」

…………

她去了，靜靜地

心靈的坍塌勝過了火車十倍的轟鳴

沒有誰把她命名為英雄

我活著就是在為她證明

──我是她活著的墓碑

4

我像是一滴剛從她的心臟裡流出的血

用僅有的一滴血的力量登上回歸的火車

而火車上到處是死亡的幽靈

它們互相撞擊著嚎啕

它們互相撞擊著冒出火星

我站在火車上，蒼蠅在用它高尚的眼睛鄙視我

亡靈用它瘋狂的舞蹈圍逼我

在昏暗的燈光裡

我感到一種死亡的節奏

像這黎明前的火車

轟隆隆、轟隆隆地從我的胸口上輾軋過

死亡的聲音像一條能纏繞住地球的白帶子

一層一層地將我纏繞
一層一層地

5

我回到了我們出發的屋子。一場小雨
淋濕了所有的聲音
在記憶的深處漸漸呈現出血紅
雨後的和平之魔爪
從喉嚨伸進我的內心
一座新墳就這樣在我的心中
隆起，它高過了中國所有的山峰

6

黎明前的火車是暗夜
射向終點的一支響箭
它只在瞬間留下聲音
由強而弱然後消失
它一瞬的聲音
卻讓我想起一個人和更多的人
想起一次事件和事件之外的事件
想起聲音和聲音之外的聲音
想起時間和時間之外的時間
在被窩裡，我用一隻手回憶往事
用另一隻手握住曾被我親愛的小手搦握過的生命之根

我像是又站在了京廣線的旁邊為活著苦惱
看著火車的鋼輪在鐵軌上滾過輾碎時間和陽光
然後瘋狂地嘶鳴著向北駛去
黎明前的火車
猶如一把鋒利的刀在地球的皮膚上劃開一個口子
割開地球的同時它又割開了天空的皮膚
流血的天空忍受著疼痛
火車噴吐的煤煙像藥棉縫合著天空的傷口

我知道被傷害的天空和大地並未憎恨著火車
像此刻躺在床上的我
並沒有憎恨著我的祖國

是黎明前通過的火車將我從黑夜裡喚醒

日本梅雨

1

愛吃梅子的日本人攀到樹上
搖落一樹青梅
如梅的雨點
便撲嗒嗒下個不停

2

梅雨像一件濕濕的青衣
它輕輕地披搭在裸體的島上

3

渴望被淋透的島
渴望被梅花瓣埋葬的島
在傘下悸動著發出浪漫的叫喊

4

流動的傘多得像雨點
紛紛揚揚凋謝的花瓣像雨點
在日本人的手中
傘是沐浴著雨綻放的蘑菇
它們一半以上都帶有毒素

5

在梅雨淋不到的地方
幾乎都擺放有醃制好的梅子
紅紅的像是一滴
島鹹鹹的淚水
被昂貴地出售

6

梅子很難在梅雨裡成熟
梅雨又很難在梅子成熟後結束
梅子的青春是在一個季節裡喪失殆盡的
它皮膚的光芒變得黯淡
茸茸的毛倒伏在柔軟的皺褶裡
緊裹著硬硬的核

7

梅雨過後，梅子硬硬的核
像一塊從天外飛來的隕石
它在金屬的垃圾桶裡泛起聲音

晚鐘

此刻，我正在它沉悶的鳴響中老去
像風暴過後的海面，聲浪一波接一波
輕舔著沙灘和海岸。此刻
鐘聲覆蓋的城市也在老去
一幢幢高樓大廈像腐朽了的老木樁
拴綁在它身上的人都掙脫繩索
他們在白晝蓋著精神的旗幟酣睡
在夜晚扛著理想的長矛夢遊
鐘聲被紊亂的腳步踏踩得粉碎
風將它們帶向天涯海角

假寐的樹木拒絕著鐘聲
它皸裂的皮膚緊裹的年輪裡
一圈圈鐘聲的音盤在樹內鳴響
讓樹心裡冬眠的蟲子睡得更香
給傍晚飛回枝頭棲息的鳥兒們送來催眠曲
鐘聲　鐘聲

我聽見它飛動和落卜的聲音
激越似瀑布潑傾
輕盈如柳絮飄動
它碰到雲，雲是一朵綻出聲音的花朵

它落入田野，莊稼沐浴著它拔節
鐘聲　鐘聲

敲打它的手指早已在地下腐爛
而我的祖先不死的魂靈
卻在一方土地裡側耳聆聽著它
鐘聲，它響過六朝五府
它響過古羅馬、印度和西藏高原
它響過銀河系和海面
石頭在它的響聲中風化
人類在它的響聲中死死生生

我想起鐘聲裡的一場暴動和起義
也想起鐘聲裡的陰謀和革命
黑暗的歲月，鐘聲是鐘聲
光明的日子，鐘聲還是鐘聲
時間無法改變它的音質
它卻改變著時間和日子

它彷彿搧動著一雙黑色的大翅膀
偶爾像巨大的蝙蝠遮擋住我的眼睛
它不像烏鴉，叫聲中有著咒人的內容
它不像百靈，美妙裡帶著空靈與鳴囀
它又不像鳴鑼，清脆響亮，悅耳動聽
它沉悶得樸素，帶著金屬的重

像母親的一聲呼喚

沒有哪一聲雷鳴能壓低它的轟鳴
沒有哪一種音樂能比它帶給我更多的激動
我在鐘聲裡活著，傾聽歷史
我在鐘聲裡死去，感知未來
然後被它輕輕掩埋

我知道鐘聲來自石頭與火
我更知道它是我祖先生命與智慧的結晶

如歌的行板

你臉上的早晨在太陽升起時
退去。目光裡的曙色泛著淺黃
門前的樹木在一夜間高過了房屋
千里之外的河流在汛期將帆影和船歌淹沒

清晨，看不見的年輪像音盤
在樹心裡鳴響。鷲鷹叼著人骨
去太陽火化。樹杈間的鴉巢
著火。室內的海螺標本裡
濺出了濤聲

漲潮了
我的手指在漲潮後沾滿你生命的芳香
我的夜晚落在你的大山之間
鳥聲壓彎山脊和壓低你的聲音
鳥聲讓蓬勃兩個季節的草原枯死

黑暗在我罪惡的手指上燃燒
熊熊烈焰裡，一萬次過去是一萬束花朵
在你的右眼裡凋謝枯萎

生活本來就是一棵瘋長的樹木

它頂破天空。水自天而降
溺死樹木。我在一場洪水裡
被你隨便摘下的一片樹葉救起
我乘著一片樹葉，盼望著洪水
退去的日子

岸就這樣誕生了
它柔嫩得像嬰兒的膚肌
草的根扎進岸邊泥土下的沙子裡
結出大海和大河的祕密

你和我都是岸邊含苞待放的籽粒
被風吹開，被鳥銜走
在離水很遠的陸地和大山深處長大
然後被漂浮的島嶼運載到一起

是誰在黑暗裡遮掩著面孔
讓病菌在指甲裡長大，然後
像跳蚤和蝨子在我們的皮膚和衣縫上產卵
讓我的皮膚鬆馳，讓你的乳房乾癟

我曾在你的黎明裡懷念夜晚

像露珠和薄霧被陽光拾起投扔給黃昏
你曾在夜晚裡渴望抵達我的黎明
像星星和漁火企圖將黑暗燃破

是誰用食指輕壓住我的嘴唇
是誰在用纖弱的手指將你一層一層剝開
像剝開玉米棒子
你赤裸裸的皓齒泛著成熟的光芒
我被你瘋狂而又抒情地嚼動

我的房屋因此燃燒成褐色的雲
我跑在風的前頭躲在你飄動的裙下
變小著自己。我多想是一滴液體的
生命，游動在你溫暖的子宮

夢是黑色的
青春是黑色的
未來和歷史是黑色的
死亡是黑色的

此刻

1

沒有誰能把此刻挽留下來
此刻永遠屬於過去的過去
此刻

2

白皚皚的冬季，雪覆蓋著路和房屋
寒流壓低嘶嘶的爐火，手帶著火爐的熱
擦去窗玻璃上的水珠。白得刺眼的窗外
一匹童年的紅狐狸在踱躞，在雪原上
尋找失去的歲月。一群由東向西馳騁的馬
它們鼻孔裡噴吐的熱氣升騰為
一塊溫暖的雲，在窗外的天空
迎迓著春天的到來

3

緊貼牆壁的舊式音響正在沙沙地播放著
一位黑人女高音的歌，高亢的歌聲
我能想像她豐腴健美富有節奏的身段
騎著斑馬在非洲如火的陽光裡奔跑
從地球的一面到另一面

馬蹄聲如雨，淋濕所有沐浴著音樂
生長的植物

4

老鼠忍著飢餓在我床下的洞裡做愛
然後爬出，在糧囤沿兒上
弄出聲音。它們的不自量力
惹得我翻找在落雪前的一次廟會上
從一位白鬍鬚老頭那買下的老鼠藥
那些藥粒粒鮮紅像一顆顆乾透的紅豆
它們都含有劇毒。或許它藥不死
相愛的老鼠

5

昨天晚報上的鉛字染黑我的手指
我的手在水龍頭下越洗越黑
那麼多的字被水流走，它們
在下水道裡呼叫著掙扎
寒風——來自西伯利亞的抒情小調
在房頂上掀起拐彎的呼嘯
它好像在說要凍死那些
裸體的鉛字

6

一杆老獵槍在爺爺遺像的目光裡生鏽

一張牛皮鼓啞了百年。我的羊皮坐墊上

還留有屠戶的刀痕。那釘在牆上的數張兔皮

留有圓圓大小不一的彈孔。一雙磨光準星的眼睛

像是爺爺的，從兔皮的另一面

透過彈孔窺視著屋內

7

魚在冰凍的河裡交尾

岸等待著解凍的日子

陽光吻盡雪人的口紅

麻雀嘰嘰喳喳的叫喊在開滿雪花的枝頭上變瘦

營養不良的美麗少女在爐旁面色紅潤

懷念著夏天裡的愛情

8

一部美國人的科幻小說使我想起

億萬年後地球的末日。火山爆發

洪水氾濫、瘟疫蔓延以及戰爭、地震和核擴散

那時的地球一定像一座荒廢的空房子

它庇護過人類又被人類遺棄

它迎接過日出又註定被陽光點燃

然後隨時間坍塌和風化

9

此刻總是無休止地被時間複製著
時間在此刻濕潤。此刻在此刻發霉
精子和卵子在此刻結合。此刻
我向山崖上微閉的佛眼合掌低下虔誠的頭顱時
隱約聽到自己出生那年甘迺迪被暗殺的槍聲
那顆子彈穿透三十五個冬天
讓一段歷史栽倒在血泊裡

10

現實總是這樣
一個人死了
有人悲痛欲絕
有人則歡呼雀躍

11

此刻是此刻就足夠了
沒有誰能夠認清此刻
此刻是過去的過去
此刻是未來的未來

七月

七月讓少女的乳房長大
七月讓少女的手指長長
七月裡的少女溫柔、潑辣和多情地
折疊起我以前所有的日子
又把我以後的日子一個個穿起
像秋風吹落葉
我以後的日子被鋪曬在連接天空

的地平線上。七月
我石榴籽似的眼淚
變成灼熱的石頭
燙黑大地。目光變短
看不到海岸和山巒
海水因少女調情的嘴唇而漲高
波浪在我的眼皮下翻滾
留有豁子的刀刃上
風挽著時間和歷史一同跌倒
記憶的傷口在顫慄
垂死老人沙啞的命令聲，像骯髒的鹽粒
在那傷口上溶化

（不要誤解那腥風

是來自蚌殼和剝下的魚鱗）

七月曾借著金屬和一雙黑手
將另一雙冶煉金屬的手銬住
金屬本可製作橋樑和鐵軌
或火箭和筆尖
但金屬與囚徒一起
被關進黑獄，生鏽

情欲飽滿的七月
來自一場暴雨和洪水的洗禮
來自渾濁的大河對海洋的傾注

魚肚裡的祕密結籽
蟬死在蟬聲裡
鱷魚的眼淚毒死鱷魚
蛙鳴、海螺和嗡嗡的牛虻
朗誦著讚美肉體的詩篇

七月，雲躲在少女的乳峰間
掩藏起雷聲。少女
穿著雲的鞋子在大地上
飄蕩，如荷如萍
一顆小小的、被少女的皮膚
包裹得嚴嚴實實的心

像破土而出的種子
在我的舌尖上膨脹

聽不到孩子們的笑聲
看不到老人慈善的目光
七月被少女的每一根髮絲拴緊
和被少女的氣息壟斷
我屏住呼吸
大汗淋淋

八月

八月是爆炸的星星

它恆久的光芒和熱在地表上泯滅

八月是一隻沉船

在水底被水草簇擁成魚兒們的宮殿

八月是一隻瘋狗

它咬斷繩子跳越牆

在陽光無遮無攔的地上狂吠

八月是一場洪水過後

乾死在陸地上的魚眼

八月是一隻蚊子

它帶著我的血液飛翔

然後被我拍死在潔白的牆壁上

八月是一群羽毛骯髒

在城市的噴泉裡飲水和洗澡的鴿子

八月是在鄉村的屋脊爬滿的梔子花上

交尾的黑蝴蝶

八月是少女在男人的手掌裡旋轉的乳房

八月是一隻牛虻

它螺釘般的嘴扎在少年黝黑的皮膚上

八月是一位早夭的女嬰

在郊外的荒地上被陽光溶化成一堆小小的白骨

八月是一場突降的冰雹

它擊碎瓦礫和摧毀莊稼

八月是從大便裡排出的西瓜籽

被掏糞的農夫帶到田野發芽

八月是一棵患絕症的樹木

八月是落雷燒焦土地的火球

八月是蟬、青蛙和蚯蚓無聊的聒噪

八月是塗抹在太陽穴上萬金油的涼

是牙齒嚼碎然後嚥進肚子裡薄荷葉的爽

八月是情欲氾濫的季節

八月是黃昏在河裡裸泳夜晚在涼席上裸睡的處女

八月是時間與時間、季節與季節的分水嶺

向日葵與我

月亮褪色，星星
是盲人的瞳孔
女性的向日葵在憔悴的太陽下
成熟。她們籽粒一樣的祕密
等待我用手指捏著放進嘴裡
用牙齒將她們一一嗑開

我砍下向日葵的同時便失去了
愛情。留在大地上的向日葵稈莖
像我無緣無故勃起的陽具
硬挺向天空。向日葵稈莖的血
由綠變白
然後隨風流淌
在大地上不留下任何痕跡

我收割的鐮刀在記憶的牆壁上
生鏽。錚亮起來的是
向日葵籽這一把把小小的匕首
她們鑿凹牙齒
在牙齒間散發太陽的光和熱

向日葵籽與由液體變成肉體的人類

相反，她們由固體變成液體
白色的液體被我的舌頭
送進食道，連同凝固在她們皮膚上的
陽光、月光和閃電
籽粒帶著少女的味道
在我的舌根和牙縫間
繚繞

夢和欲望也都是白色的
我不會在一種味覺裡滿足

夢死

我夢見自己的死亡
那死亡是白色的
白色的眼淚如雨為我流淌
白色的花朵似雲為我飄落

我死在正午
正午是白色的
白色的風因我的死而凝固在一起
白色的浪聲是另外一種哭泣

還有白色的陽光冰冷冷的
在大地上哆嗦
我躺在白色的棺材裡
與世隔絕
被套有三匹棗紅馬的馬車拉著
在陌生的路上
馬拉著哭聲
四蹄掀起一路滾滾飛揚的白塵

馬都跑累了
泥土還在掘墓人的鐵鍬上飛濺
我呼吸著棺材裡所剩不多的氧氣

瀕臨另一種不同顏色的死亡

哭聲來自果實熟透炸裂的核
和樹杈間那一窩窩空空的鴉巢
馬車猶如大江上顛簸的烏篷船
我在木香裡檢點自己留下的詩篇
為曾詛咒過烏鴉黑色的歌唱而懺悔
向地表上的萬物謝罪

我安睡在一方土地裡
在我的肉體、骨骼和靈魂裡
蠕動著將我吞噬得精光
然後在我白淨的骷髏上
死去的蛆們是白色的

詩歌、思想、記憶和我的一切
註定要化為泥土和肥料
那泥土和肥料有一天也將變為白色
或者，被風化為風
在天空下呼嘯

我夢見自己的死亡

是白色的
地獄之門是白色的

無題

1

不知道是什麼季節
山上無草，樹上無葉
瀑布從高空有節奏地
飛流而下

2

自然打破了自然的寂靜
雲和星落進湖裡，濺起水聲
月亮躲進湖底
竊聽大地的祕密

3

沿三百台階而上，步入青雲
縹緲的神廟前
循規蹈矩的尼姑懷抱琵琶
彈奏出心中久藏的
情曲

4

一匹馱過一代帝王

和把英雄踏死在蹄下的馬
四蹄在土裡生根
它身上的鬃毛長成了森林和草原
它不死的魂魄在庶民們的夢中
狂奔

5

類人猿啜飲過的河流乾涸了
河床上，耕種的莊稼
成熟。收穫的喜悅
是汗和血的結晶

6

一棵大樹被落雷殛倒
砸傷樹下避雨的人
大樹悲壯的轟鳴點燃了森林
野獸和群鳥在大火中
舞蹈

7

佛和神永遠都是沉默的
它們沉默的本質
是泥土和木頭、石頭和金屬的本質
它們在人類的手指上誕生

有人類的形象
卻沒有人類的思想
那些禱告和跪拜，施捨財物的人
並非弱者

8

漫漫風沙
吞噬我肥沃的耕田和莊園
風景和人
相繼死去

9

八千萬年前的恐龍化石
在沙漠裡栩栩如生
無數具百年和千年的木乃伊
回憶著如煙的往事

九月

一隻翻雲覆雨的大黑手
縮回了天空的袖口
天變藍了，雲
白成一匹匹綿羊
在天空吃草或奔跑

蠅拍比手腕先累
凝固在它上面的人血
像枯竭的河道上翹起的
地皮。更像一尾大死魚剝落的鱗
那是大地衰朽的皮屑
是沒有記憶的痛疼

總是在黑夜歌唱的蚊子
是小小的野心家
它們的尖嘴，它們細長的腳
在夢的天平上舞蹈
它們的陰謀被九月的砝碼顛覆
它們的歌聲和翔姿
成為牆壁上的活標本

石榴炸裂緋紅的薄唇裡

露出一排整齊的牙齒
那每一顆牙齒都是寶石
它將因歲月的長久而名貴

腐爛的果實變成肥料
滋潤大地的根
漸漸枯黃的野草
等待焚燒

發高燒的樹木恢復了正常
湖泊澄清了。雷鳴小得
像處女的屁

並非質問
──兼贈谷川俊太郎

1

是誰在時間的深處弄簫
讓簫聲在遼闊的廢墟上回蕩
是誰讓竹林婆娑，讓高原起伏
讓河流在陽光下痙攣

2

是誰剝奪了和尚的愛情
讓愛情在鐘聲裡孤獨地死去
是誰撚動念珠
讓念珠萌發種子膨脹的欲望

3

是誰沉默得像海底的沉船
讓記憶生鏽和腐爛
是誰在浪尖上衝浪
讓咆哮的大海趨於平靜

4

是誰躲藏在樹木裡結出果實

讓鳥兒們從天外飛來
是誰賦予了鷲鷹的尖喙
讓牠們啄食石頭裡的蟲子

5

是誰禱告著想挽留住時間
讓時間在禱告聲中溜走
是誰在澆灌著青春的花朵
然後又被青春的花瓣埋葬

6

是誰搬入空想的樓閣
讓太陽在陽台上散步
是誰在夢中砍伐著樹木
無視啄木鳥們的抗議

7

是誰躲在被掏空的古墓裡乘涼
發現了盜墓者的訣竅
是誰在黑市上倒賣文物
被祖先的靈魂告發給政府

8

是誰患上了夢遊症在幻覺的河灘上
撿拾著貝殼
是誰撬開了海螺
讓陸地被洪水淹沒

9

是誰家的孩童在城市出售著玫瑰
是什麼樣的手指在少女的大腿間忙碌
是誰的嘴唇在海誓山盟
是什麼樣的面孔在白天消失

10

是誰在預感著世界末日
是誰渴望著去外星居住
是誰在內心拋棄著地球
是誰憂慮著人類的結束

十月

風穿上雲跑掉的
那寬鬆不合腳的鞋子
在河面上滑翔
然後被浪花絆倒
跌入水底

溺死的風變得比河床還涼
在水底冒著更涼的水泡
讓魚兒游遠

樹葉落完了
像是爭著去參加風的葬禮
悲傷的面孔疊壓著悲傷的面孔
在默悼中腐爛

遠山的紅楓像一片火在燃燒
是因為那山中有一顆
火紅的岩漿的心臟
在跳蕩

我佇立在緊閉的窗前
為枝頭上鳥兒們無處掩藏起

自己的歌聲而惆悵

彷彿貓挪動著細碎的腳步
十月不動聲色地
逃離色彩走向黯淡

我西邊的河面上
一雙鞋子在漫無邊際地漂
像無人乘坐的船
讓人頓生滿腹的寂寥

聲音

聲音的腳步是紅色的
它在削鐵如泥的刀刃上
奔跑。然後蹲在肉眼看不見的
小豁口上喘氣
而後假寐
在淺淺的睡眠裡
夢見刀匠的火星
飛濺

失眠的瞳孔裡藏滿了殺機
聲音被剁得粉碎
流著白色的血
在大地上凝固

一大片的鹽鹼是時間長出的霜
它用寂靜覆蓋一切
凸凹的記憶被鍛打得平展
聲音在聲音中顫慄

四隻眼的麂子皮在朝陽的牆壁上綻放
讓採蜜的蜂撲空
背叛諾言的少女在夢裡懊悔

駛過愛情的棗紅馬客死他鄉

昨天是炭黑色的
它在歷史的爐口上被風吹動著
變紅，之後再變黑
最後變成無色的時間

有誰知道
塔壓百年的蛇和放過血的鹿
的叫喊是何種顏色
又有誰能分辨出
烏雲和雷鳴來自何方？

與死亡有關

一雙黑手掏著夢中的土
一座長方形的坑越挖越深
那塊長過玉米的田地
將是我的墓穴

樹葉落盡
暴露出鳥兒們的陰謀
天高雲淡
顯現一軀佝僂的身影

街衢在一陣喧譁後變成廢墟
晚間的航船因載不動過多的星光
而沉落海底
靜止的島開始游動
像歸船在碼頭與岸
攀談

地平線上升了
平庸者在一夜間成為天才
統管這個世界
讓斑斕的日子變得黯淡

是誰賦予船一雙飛翔的翅膀
是誰剝奪了石頭的想像
是誰站在山頂上冥思苦索
孤獨又是在誰的骨頭裡奔跑

死亡說
活著的我們都是暫時的

給雲

我在石頭裡築巢
等待你長出翅膀

你是在霧裡長大的
因此有著天空蔚藍的聲音
你濕潤的聲音並非海
海只能濡濕船槳和渦輪

秋末，你在西邊的陸地上喊冷
陸地便上升了
上升的陸地上，我看見
你在雲的上面長草
然後長出你的名字

像傾斜的大雁塔上響起的風鈴
你在零下二度裡的笑聲
推遲了冬天的來臨
一片荒蕪的田野準備著甦醒
孤獨的羈旅者在石頭上夢見春天

雲，你是天空之子
被命運囹圄在島上的我

每天在你透明的成長下
心被西風吹暖
與陽光攀談

僅僅因為你的飄逸
野性的大海不再暴戾
殘酷的暴風雪不會再掩埋人骨
孤立的島嶼不會再長滿時間的苔蘚

如果有一天，我變成了石頭
那時你一定會在我的石頭裡飛翔

金屬鳥

在赤道上的一棵茂密的樹枝間
我捉住了一隻金屬鳥
它斑斕迷人的羽毛上
或許鑲嵌了太多的陽光
它全身熱得燙手
如濃縮了整個夏天

它的啁啾既陌生
而又熟悉得似有耳聞
傳來這天外樂感的
金屬鳥是溫順的

我把它小心地帶進冬天的島嶼
然後將它朝西放飛
飛到我思念也思念我的西方
在大唐的領地上
讓它啄盡一朵雲上
草叢裡長滿的蟲子

野性的大地、逶迤的山巒和滾蕩的河川
陸地上的風景可能會使它望而生畏
但它一定不會在地平線上迷失

因為那裡埋葬著許多它祖先們的化石

金屬鳥棲落在一位怕冷的
南方少女的手指上
之後被她佩戴在胸前飛翔
夜晚降臨，南方少女的乳房
是她溫暖的巢，它會躲進去
竊聽她心底的祕密和搏動

它將代表我在西邊發言
它將代表我提前喚來春天

深秋，與詩人白石嘉壽子相聚

1

一個異常晴朗的午後
無風，無雲
穿著紅呢子大衣的你出現在新宿車站大樓
八層的小世界咖啡館
翛然如一棵燃燒的楓樹
等待著我們走近

我們的話題始於五百年前
延於六百年後
你斷言，天空和大地的色彩
是你詩歌的顏色
大海的狂嘯以及高山的回聲
是你詩歌的聲音

溫哥華——這誕生之地
永遠奔跑著少女時代的你
那長年不化的雪
在你的記憶裡純潔著泛白
你留在雪地上的腳印
是一串串美麗的童話

以及在童話裡蹦跳的麋鹿
和被河水流走的紙船
你曾順著麋鹿的蹄印穿過森林
尋找那動人的叫喊
紙船曾載著你的夢漂啊漂
在彼岸擱淺

2

一艘古船把你從陸地領回島上
在故鄉的櫻花樹下
你受盡了周圍同胞們的欺凌
你與委屈的眼淚一起長大

連自己都說不清
是繆斯選擇了自己
還是自己選擇了繆斯
至今你還不明白
常常約你去他家跳迪斯可的蓋代天才
三島由紀夫為什麼以那種方式剖腹自戕
他曾是你詩歌的熱愛者
你說，他純粹為自己的美學追求而死
與政治愛國沒太大瓜葛
透過你秋空般深邃的瞳孔
我能感覺出你此刻的困惑

你說他的死是一團黑色的謎
沒有一位活著的人會猜出他的謎底

你動情地朗誦一首〈茉莉花〉的詩
之後講給我森茉莉認你做乾女兒的往事
她是明治文壇重鎮的森鷗外之女
也是你敬慕的作家和母親
好多次，她用報紙包一個橘子送給你
每一次，你幸福地吃掉橘子
再把裡面的厚厚一疊鈔票
原封不動地還給她

3

你十七歲披肩的頭髮風吹綠過多少荒原啊
那麼多不同膚色的男人為你傾倒
他們像從黑暗中飛來的蛾
盲目地撲向你這團熾燃的生命之火
在曼哈頓，一位健壯如牛的黑男人
瘋狂地游向你
你激情澎湃的河流曾為他決堤
猛烈地
歇斯底里地

金字塔下，一位佝僂的老嫗
她美麗的眼神和聲音

曾讓你收攏住腳步
久久，你木然成另一座金字塔
那一刻，天空的太陽
把你的影子深深地鐫刻在沙漠
你拔出沙子中的腿
像一座移動的神女峰
漸漸啞去的駝鈴
在遠方的綠州裡回蕩
渴望暴雨的沙漠如渴望你的男人
在你的腳下滾動
流淌著綠色血液的仙人掌
為你拍手送行

4

而現在，你坐在我的面前
咖啡桌布的藍與你呢子大衣的紅
以及鮮豔的紅唇和指甲
相映在一起
你齊眉的黑髮與寬濃的眼影
被白色的瓷盤抽象化
你左手上的方形藍寶石戒指
反射出窗外的亮
我們的交談和啜飲咖啡之聲
與店內的噪雜聲混為一體

你把酸甜的橘瓣和黑籽獼猴桃片
用鋼勺送進口中
身穿黑色工作服的店員小姐
笑容可掬
如同黑色的琴鍵
被老闆的手指按來按去
一個個黑色的音符
在我們身邊蹦來跳去

視窗，流瀉在那淺藍色玻璃上的殘陽
讓樓群衰老
窗下黑壓壓的人流裡
超常打扮的少女正匆忙走近大樹下的黃昏
歌舞伎町閃爍的霓虹燈撲朔迷離
那道貌岸然和油頭粉面的男人
看上去行蹤詭祕
深秋，在新宿談論詩歌是奢侈的
你的聲音壓低所有的喧囂
歌頌：少女般清純的眼神！
歌頌：手背上青筋凸起的歲月！
歌頌：自由釋放的欲望和對世俗的反叛！
歌頌：你那情人們堅挺的陽剛之氣！
歌頌：你陰柔的飛翔之唇！
和面頰上泛起的潮紅！

5

對年輕時的一次婚變
你的目光裡流露出一絲傷感
那是一段充滿泥濘的日子
失眠、失眠、失眠、失眠
加班、加班、加班、加班
愛情、愛情、愛情、愛情
背叛、背叛、背叛、背叛
青春擋住了所有的災難
繆斯扶起了你跌倒的情感

就像惦念定居在倫敦的女兒
你念叨著世界各地的朋友
像為女兒的繪畫自豪一樣
你為朋友的信函和詩歌自豪
你說是友情和繆斯
牽引和提升著你的生命

在你談吐的停頓裡
我為比你年輕許多的情人感動
看著你不緊不慢地
從挎包裡掏出紅皮筆記本
打開在我的名字周圍
畫滿花朵的那一頁

才知道，我們的交談遠遠超過約定的時間
我站起來向你告別
你笑笑
笑得像窗外的秋空
你走了
一團火似的
又去了別處燃燒

五月的雲
——給 LY

春鳥在一位南方少女的眼睫下築巢
她囊囊的聲音像暖暖的
西風，透明著輕飄

暖暖的西風如天空的雲朵
是白色的。透過大海和鼓鼓的帆影
我看見她柔香的烏髮
在西邊陸地上的陽光下
一點一點地變成綠葉

她用成長裝飾著故鄉五月的
春色。讓我在異國歡喜
我多想長長自己的手臂
穿透山和黑夜以及時間的屏障
從背後摘下一片她頭上的葉子
含在嘴裡，吹奏
深藏內心的情曲

五月的雲是一塊絲綢的紗巾
命中註定飄披在大雁塔頂
像遮風擋雨的屋宇

庇護著用藍磚砌起來的
正在傾斜的塔身

飄過寸草不生的白堊地帶
五月的雲是我熱愛的南方少女
她穿過埋葬在地下的石頭人
那些呆滯的目光和僵硬的思考
使她疲憊

我在一座叫做島的石頭上
伸展雙臂和手掌
這是一把最舒適的椅子
迎接她飄至我的掌心歇息

高爾基之死

愛子馬克沁的死使你悲傷
那悲傷坐落在莫斯科的郊外
在一大片白樺林的掩映中
馬克沁的夢在那裡成長

一九三六年五月二十八日
在去哥爾克村的途中
你拐去墓地與兒子對話
那悄悄的腳步聲有一千萬噸的沉重

你因此被死亡的流感傳染
醫院裡的風在你的氣管裡奔跑
吊瓶裡的藥水在你的血脈裡洶湧
你咳血，那顏色卻比不上
鮮紅的革命。共產主義的氧氣袋
被你一個個吸空

對兒媳婦季米沙說
你想死在春天
死在綠色和花朵的擁抱裡
可是，死神沒有賦予
你死亡的春天

前妻葉卡捷琳娜‧巴浦洛夫娜‧彼什科娃
是你的大地
後妻瑪麗婭‧費多羅夫娜‧安德列耶夫娜
是你的天空
她們在你最後的日子
目光很吃力地才閉上你的眼睛

史達林的探望曾使你興奮
（或許他正是謀殺你的禍首）
高爾基——你這隻凌空飛翔的海燕啊
翅膀上的陽光是多麼的粲然！

一九三六年五月十八日
以你名字命名的飛機墜毀
似乎預示著一種昭示
一個月後的六月十八日
阿列克謝‧馬克西莫維奇‧彼什可夫死了

鋼琴

在我看來
鋼琴很像一匹怪獸的骨架
高貴地占據著城市的一角

其實，它乃平民出身
最初與城市的拱頂、玻璃窗
燕尾服及拖地裙無關
它的骨骼與神經、呼吸和眼神
緊繫著鄉村

鋼琴的轟鳴是鄉村一棵大樹上的聲音
也與蟲子在田野裡的歌唱
非常接近

不只是荷蘭、莫斯科和巴黎才是它的故鄉
荒涼的大地和烏雲密布的天空
也同樣隱藏著它的夢想
當風撞死在船帆上
錨在水中生鏽
當手指按出的聲音
被稱作音樂

......

鋼琴無奈地調節著城市人的心情
無奈地擺脫著購置者的擺弄
一種被虛榮擺設的處境
使它清潤高貴的嗓音漸漸變啞
最終像被送進火葬場的城市人
被焚燒成灰燼

弦是頭髮
鍵是牙齒
音槽是嘴唇

鋼琴總使我緬想起遠離城市的樹木
被伐倒後豁然闊朗的天空
和樹木被刨去根後
遺留在大地上的深坑

在我看來
鋼琴在城市僅僅是裝飾的囹圄
它很想變成一匹怪獸
長出翅膀，飛逃

樹

樹是我們死後的衣服
它以各種形狀套穿在我們
僵硬的身上。然後
隨著我們的屍骨一起
在地下腐爛，或者
被火燒成一小盒灰燼

樹一定是第一個來到這個世界上的
族類。它一生沉默的語言
都化作了葉片
生命的年輪在肉體內綻放

土地上的樹，石頭上的樹
沙漠裡的樹，水中的樹
甚至空中的樹木
它們開花、泛綠
然後結滿果實

可是，在這個世界上
樹木總擺脫不了
被輕而易舉毀於一旦的宿命

我們活著時
在樹下乘涼、避雨
或伐倒樹取暖、造屋、製作家具……
我們給予樹木的傷害
遠遠超過了大自然

我們常常忽略樹木硬骨錚錚的一面
比如一棵被雷電劈倒的大樹
毫不屈服地屹立著半個身子
像一把穿透大地的利劍
與天空對刺

為什麼我們死後要穿著樹木的衣裳
被埋在地下，難道不正是我們靈魂的
歸宿，渴望著在地下與樹木的根
擁抱一起嗎？

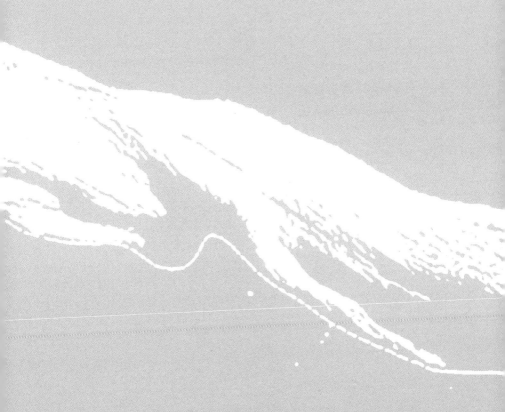

【 2001—2010 】

風

風從突兀的石頭上刮起
樹搖動樹
草壓彎草
風赤腳
在大地上奔跑

吹落刻在石碑上的文字
抽打雕像被神化的面孔
風在廣場上旋升成梯
迎接那些浮游在半空
無家可歸的冤魂

風是大地上唯一的法官
它對萬物一視同仁
風是手臂，又是利斧
它輕敲著問候所有的窗戶
它劈倒無人敢碰的老樹

風蹚河涉海
風乘雲步月
風當然也在人類的脈管裡
疾走

風帶來誕生的歡喜
也同時傳來地獄的死訊
人類對於風
無祕密和隱私可言

風留在石頭裡的腳印最多
風滴落在大海裡的汗水數不勝數
風在火焰中是一隻火鳳凰
風在浪尖上是船的舵手

風永遠都是嶄新的
風一生只追求自由

裸體電話
——給 XX

裸體電話在一場鵝毛大雪中鳴響
它的一端連接著春天的北方
鈴聲響自一棵桃花蓓蕾初綻的樹上

粉紅色的聲音在我的屋內邁動著
桃花凋零的步子，嫋嫋
走出一首小令的韻味
窗外，滿天飛舞的雪花
像餓瘋的蝗蟲，沙沙沙地
饕餮著島上的暖色

一位逃奔陸地的少女
帶走了島上的春天
三月，海風吹出石頭裡的冰冷
凍涼詩人的膝蓋
在裸體的電話機旁
詩人不再關心詩歌

粉紅色翕動的鼻翼和藍色的笑味味地
在石頭上繚繞，整個陸地的問候
蟄伏在電話線黑暗的甬道裡

它同樣來自北方的一棵桃樹上
來自北方更多與雪花有關的傳說

松花江畔的景色被聲音帶進我的
屋內。白色牆壁像解凍的冰
飄浮著碰撞出激情
我握緊話筒如同握緊逗留在
京畿的日子。然後在聆聽和記憶裡
度過只能感受聲音的三月

島上，我的聽覺變得十分敏感
電話的響聲使我手舞足蹈地釋放
耳鼓裡的聲音如一隻大鵬
霍地在我的體內展開翅膀

雲的履歷

在長江的擁抱裡長大
掙脫峰巔的誘惑
比風更輕盈
在天幕之上長出翅膀

把腳印撒滿平原
駐足黃河灣
在古長安寺院林立
聒噪的風鈴聲中
雲在內心聆聽著
青春的喧譁與歷史的沉默

沉默與喧譁的關係
使雲困惑
她升高。比島嶼還頑固的石頭
開始在海浪裡浮漂

被石頭命名為小蜜蜂的
雲嚶嗡嚶嗡地呢喃。然後
以處子的恬靜，曼舞
讓石頭啟齒

石頭的聲音裡，風小得
如蜜蜂的腳步，雲
是從山城的濃霧裡升起的那朵
豐腴潔白，翹望著
讓滿山坡的橘子成熟
讓嘉陵江上船歌的欸乃聲回蕩

雲在大雁塔頂上擦拭了
四年塵埃
而在誕生野心家的中關村
卻沒有沾染上一點雜念

雲翻山越海飄到島上
在潮汐漲來之前
盤算著如何與大海為鄰

深夜

樹木們假寐著生長
星星的絮語依舊璀璨
像一樁透明的往事

夢遊症患者在平房的醫院牆外
狂奔。像一匹剽悍的野驢
他的高喊使醫生病倒
如同患了絕症

漁火明滅在夢的盡頭
船頭上，漁民解開魚鷹脖子上的繩
將魚鷹的腳拴綁在船尾
魚鷹的翅膀抖落的水珠
淋濕星星

船走破了鞋，生鏽的錨
思念著故鄉的碼頭
雲在雲裡酣睡
夢見軟綿綿的枕頭開花
開出時間的顏色

深夜與大海同類

它無底的沉默似一種寬容
承受著鼓帆的飄動
河流向河，山蜿蜒著山
水和石頭的胳膊
挽緊著大地

夜空錄下了處女的夢話
和牙齒的磨擦聲
稻草人被繃得緊緊的腿
跳著獨步舞
在大地的裂縫裡深入淺出
汗水淹沒的欲望裡
女人被壓迫的聲音
使夜更深

其實，黑暗的深處是碧藍的
像豐秋沉甸甸的一句祝福
像子宮裡打盹的胎兒的心

夢境三號

一隻掏空了五臟的野雞
被風乾，站在夢的邊緣
啼鳴，喚來我的早晨

晨曦的顏色是淺橙色的
落滿地平線。另一種雞鳴
驅趕走薄霧，一聲高過一聲
讓光還原成光

夢中，我在大地的胸脯上
長出翅膀，從月亮的視窗
飛出，與空中翻騰的老虎
相撞。我像在空中飲彈落下羽毛的鳥
而老虎只抖落掉幾次吼聲

我負著傷俯瞰野雞下過蛋的森林
它們在為老虎舞蹈著發出綠色的喝彩
我棲居的大地在急遽地起伏
古老的江河蓄謀著倒流

雲亂成一團，逃竄
地平線扭曲著在夢的邊緣消失

我從夢中又飛回自己的居所
然後，等待著一束光
將我喚醒

星星紛紛落下星星雨後
風乾的野雞開始假寐
它的背後是海
海是一鍋被煮沸的水
像在為誰準備著豐盛的早餐

夢中的樹

那棵百年大樹
是長在我夢中的
一顆綠色牙齒
午夜，它被風
無情地連根拔掉

風
一頭瘋狂的獅子
它挾持著樹在天空飛翔
在夢中，我無法推斷
樹被強行移植的命運

沒有了樹
我的天空開始塌方
沒有了樹
我的世界變得空洞

樹是我夢鄉溫暖的驛站
我聽慣了它枝頭上的鳥鳴
我熟悉在它的濃蔭裡乘涼和避雨的人
以及那葉片迎來的黎明

樹在夢中消失後
罌粟花上長出了毒素
樹在夢中消失後
馬車陷在泥濘的路途

沒有樹
我只能回憶鳥鳴留下的濃綠
沒有樹
我只能祈禱樹在遠方結出果實

異國電車

西駛的電車帶著大海的顏色
停留在我窗外的小站
它像一匹喘息著停歇的巨蟒
準備跳躍向另一個地方

一節節藍色的車廂
是電車帶來一片片碧藍的海浪
它屬於固體金屬液體的流動
向——西
向著我最敏感的西方

這裡是漢字遠嫁的東方
它古老的鄉音令人困惑
比如，名詞的車站
用另一種發音使喚著電車
讓名詞的電車成為動詞

向西啟動的電車總是帶給我激動
乾涸的鄉愁也常常因此潮潤
儘管它汽笛的長鳴
無法在西邊的陸地上回蕩
甚至它滾動在鋼軌的鐵輪

似一雙巨手撕碎著頑石
和寧靜的時間，轟鳴著
將我從睡夢中一次次驚醒……

一次次，電車從我的窗外的車站
向西駛去後，都能感覺大氣中有一個
被它鑿留下的隧洞
像一支能夠望見故鄉的望遠鏡筒

獻給內田宗仁的輓歌

內田宗仁，男，一九七二年五月十八日生於佐賀縣歷史古跡吉野裡附近的三田川町。一九九五年三月畢業於天理大學宗教系，在校期間曾擔任美式橄欖球隊主力選手。筆者在該校留學時，曾與之同住北寮。當時，內田君為該寮負責人。兩年多的時間裡，從相識到熟知，交往密切，感情篤深。一九九四年底，應內田君之邀，筆者曾在其家中度過了難忘的一週間。二○○一年十二月上旬，驚悉內田君臥軌自絕於世的噩耗，痛不欲生，特揮淚寫下此詩，以慰內田君在天之靈。

——題記

我感到了陽光的寒冷
我多想用顫慄的雙手
迫不及待地插進自己的頭顱
摳出與自戕和死亡有關的
一切詞彙

十二月，突如其來的噩耗
使暖柔的陽光變得冰硬
在我的南窗外
它像一道凍結的瀑布
長劍般穿透天空
突兀在我目光的盡頭

在太陽刺眼的冷光裡
世界是多麼的蒼白
在蒼白的世界裡
一張面孔猙獰的惡魔
若隱若現
它時而露出血紅的獠牙
恐嚇著萬物
時而將吞噬生靈的巨舌
縮回口內
儼然一幅偽善者的神情

而你同樣是一位無辜者呀！宗仁
其實，我比你更懂得
陽光下的罪惡和活著的煩惱
我不想詰問，你為何
用死亡的封條貼住我的嘴唇
為何用投扔過橄欖球的雙臂
將自己的生命拋向蒼穹

此刻，我只想默默祈禱
你那年輕的二十九顆太陽
永遠燃燒

然後在心室的一隅為你搭蓋一座
青磚藍瓦的新房
讓你永遠地安息和夢想

面對你的抉擇
沉默在肉體裡長成化石
泉湧般的熱淚更顯得多餘
也許，有一天
我也會老去
那時，我會化作一縷輕風
輕輕地吹拂你早已鑴刻在
石頭上的名字

狂想曲

海底的城堡被水撫摸出暢想
時間漸漸還原著歷史的面目
懸崖上百米高的佛像耳朵被風吹掉
但他仍微微閉目聆聽著世間

美人魚穿著海藻的裙裾翩躚
在沉船裡夢想著海葬的船長
小魚躲在鯊魚的嘴裡小憩
海面上感受陽光的海帶曬黑了臂膀

戈壁和沙漠渴望著暴風雨襲擊
草原上，馬匹驚心動魄地交配
蜥蜴追趕著頑固抵抗的小蟲
大地裡飢渴的精靈被鐵塔壓著
它湖泊的耳朵裡灌滿了雷聲

一棵大樹被伐倒的轟響聲
是森林的一聲歎息
鳥群帶著槍聲的創傷飛回巢內產卵
鼯鼠像一團黑色的幽靈
從一棵樹竄到另一棵樹尋覓食物

河燈被流水漂走
在越來越溷濁的河面上
像流螢使人們發出內心的感歎
篝火在少女們的情歌裡熄滅
樵夫捆柴的繩子變成了蛇
在半山坡上蜿蜒

牧人用短刀劃開山羊的肚皮
涼棚上長滿祕密的葫蘆裂開
被稱為狴犴的猛獸在傳說中復活
木乃伊的憂傷被時間破譯
善良的羊群跑不出餓狼的瞳孔

蒙古，一座註定在地平線上上升的草原
威尼斯，一座漸漸被海水齧噬的都市
北中國，一片一寸寸被黃沙埋葬的陸地
地球，一個足夠被文明傷害的星體

人類在月球上已寫下太多的謊言
宇宙中的垃圾正悄聲地墜入大西洋
人類啊！讓我們靜靜地聆聽風聲
眺望初升的太陽和星月的光芒吧
然後，讓我們也看清彼此的臉龐

春天

讓乳房長出輪廓

讓風變綠，然後在少女的細腰間打旋

讓房頂上的煙囪沉默

讓樹葉像刀片割碎陽光

讓一隻小飛蟲溺死在我的左眼

讓水井裡的雲影被汲水的少女提走

讓雪人融化的地方長成草原

讓森林自彈出木香的音樂

讓年輪忘記樹木的成長

讓無名的櫱枝長出植物的名字

讓路邊的野花都被採光

讓破殼的小鳥無畏貓頭鷹的銳眼

讓蚊子的尖嘴在陰溝裡長長

然後搔擾人類的睡眠

讓城市裡的情欲在發藍的玻璃裡膨脹

讓寺院裡的鐘聲忘記回蕩

讓雕像的眼神變得好色

讓船隻打盹

然後夢見魚兒長出翅膀

讓十五的圓月支配人類的思想

讓海岸為集體自殺的鯨魚默悼

讓不可破譯的化石更不可破譯

讓人類都穿上草坪的衣裳

天國

我沿著一個慢坡往上爬
直到精疲力竭
長出了白髮
才知道永遠無法到達

我不知道是否已經置身天堂
諸多人事早已甩在了身後
熟悉的聲音生成白煙繚繞上升
一條大河裡的魚眼變成了星星

天堂並非唯一的極樂世界
舞女翩翩圍著陌生的長者起舞
那長者的左手握著爐子裡的火焰
右手攥緊一把冰冷的寶劍
在他目光正前方的大堂裡
端放著一口斬過人頭的鍘刀
神龕裡冒出著帶香味的雲煙

神祕的銀河就在長者的身後
叮咚作響流淌著星星的屍體
它們要被安葬在遙遠的桃花源
星星們死了

星星們還發出著光

在銀河和長者之間
我顯得無地自容
我開口說話，詞語
都被牙齒拆散
我走到一株開著淡白色花朵
盆景的跟前
它不是白色的櫻花、杏花和梨花
而是用雲朵製作的假棉絮

天堂裡沒有白晝和黑夜
沒有塵埃和汙染
以及仇恨和齷齪
每座山都是拿得動的石頭
遠處，不知誰提著月亮的燈籠
在四處打轉

天堂只是慢坡的一個高度
夢境猶如天堂
是生命稍縱即逝的驛站

湖

只要不把它想成一片死水
湖面的波紋就會溫柔地漾動
風會穿過密林吹彎湖底的水草
只要不把它想成一座陷阱
山的形象就會在湖中挺拔起來
樹葉會在水中越長越青

只要不把它想成殘忍
溺水的孩子就會浮出水面
撒開的魚網就不會撲空
只要不把它想成一片厚冰
滑翔的夢想就不會跌倒
鷺鷥的長喙也不會啄破房屋的倒影

只要不把它想成一面銅鏡
月亮上再多的垃圾也會被浣洗乾淨
沉船會在湖底變成魚兒們的帳篷
只要不把它想成一隻盲瞳
再黑的夜它都是明亮的眼睛
再醜陋的面孔也會被它看清

湖，只不過是一片水罷了
何必賦予它那麼多的假定！

音樂之二

我正在被飛濺的瀑布打濕
沐浴著陽光的山村
醞釀著飛翔
騎著梅花鹿的少女
穿過城市的廣場

樹木在湖水的周圍搖曳著泛綠
湖底裡的天空比天更高
湖邊，我從飲水的白馬眼中
看到了草原
草原　草原
綠色的盛典

沙漠裡的公主出嫁
高山上掛起雲的花朵
鳥群從森林翔起
迎親的駝鈴是喝彩聲
在戈壁和綠洲上回蕩

動情的河流撫愛著
產卵的魚群
風悄悄地吹滅河燈

沉默的岸啟齒
然後默禱著為遠航者送行

無形的手如同精靈
彈撥著想像的琴弦
一點點的憂傷從簫孔裡飛出
小小的傷感裡，我聽見河童
唱著歌，托出溺在池塘的少年

風景重疊在風景裡
路在路的前方延伸
一望無際的地平線上
一輛奔跑的金馬車
留下另一種叮叮噹當的聲響

僰人印象

一位自稱僰人後裔的老漢
光著脊樑，在石頭上磕滅煙袋鍋
剁掉一隻紅公雞的頭
讓雞血染紅七隻大白碗

向著懸棺的祭奠儀式開始了
長江左側流淌
峽谷前方回蕩
黝黑和粗糙的手攥緊鼓槌
把祖傳的銅鼓擂響

沒牙的老婦白髮蓬亂
一次次滿口含酒
噴濕鼓聲
身旁的舊木桶盛滿雲朵
悶雷帶來驟雨
由遠而近地回應

崖壁上褪色的紅衣人聞聲起舞
刻在銅鼓上的水手搖動了櫓
一條被高高掛起的乾魚
回想著水中的遊姿
盤算著將懸棺之魂馱回彼岸

李氏爺爺

每一次，當我風塵僕僕
來到爺爺的墳前合掌
我都在心中暗暗慶倖
爺爺幸虧死得早
不然，他完整的肉身
將無法繞過現行的火葬政策
入土為安

爺爺死在一九七八年正月初二
在積雪比草房頂還厚的老屋裡
爺爺像是被一口痰噎死的
那一年他七十一歲。一碗熱騰騰的餃子
在他軟綿綿的身子還散發著體溫的
床沿前變涼

那是一個陽光忘記升起的早晨
整個冬季的冰雪都被我們全家的淚水溶化了
我們戴著兩年前的黑紗
來替代披麻帶孝為他送葬
爺爺仍像睡熟了，面色慈祥
被三匹大馬拉到荒涼的河畔
他穿著伐倒院子裡的兩棵大桐樹

趕製的「大棉襖」
再也沒有醒來

土生土長的農民爺爺
卻是靠織布為生的手工業者
為他歌唱了一輩子的織布機
啞默和癱瘓在大躍進運動裡，之後
他的手藝被徹底摧毀
開始在田裡做牛做馬

過老日那年，爺爺把新娶來的奶奶
藏到幾米深的紅薯窖裡
躲過了鬼子們的踐踏
老日被打敗後
奶奶和他卻在共和國受盡了蹂躪

爺爺滿身瘡痍
是因他勤勞的積蓄被劃上壞成分後留下的
一次次在革命的暴力中死裡逃生
挨批挨罵挨餓受凍爺爺都忍氣吞聲
他的死說不定就是這口氣
埋下的禍根

每一次，凝視墓碑上爺爺的名字
我都會禁不住地落淚
不是悲傷，而是感動
如今世道變了
爺爺終於在死後
可以在這方土裡享受
作為一名普通公民的權利了

田是家父的本姓
即使在爺爺死了幾十年後的今天
我還是願意在我的簡介裡
注明：田原是我的筆名

懸棺

懸棺是一樁懸案
不可破解的謎懸在天地間
在長江上游兩岸的懸崖上
滅絕的僰人頭枕藍天

一群逃自地獄的奴隸
放棄了入土為安
在老林和亂石上棲居
把水稻技術植入石頭
讓高原馴服

學著鳥在半空築巢
這明喻中的隱喻
離飛翔最近
接受陽光的撫摸
和暴風雨的洗禮
死亡的哲學裡
為生者留下警句和啟示

拒絕入土就是拒絕黑暗的禁錮
高懸的棺槨是無聲的涅槃
不需要墳墓隆起

無須與活人爭奪地盤
將自己的形狀留駐懸崖
風化了，化作一片雲
飄得更高更遠

蝴蝶之死

一個陽光明媚的晚秋
突然讓我在午後收攏住匆匆腳步的
是路邊差一點被我一腳踩在腳下的蝴蝶
起初，我以為她是在歇息翅膀
等我蹲下細瞧
才知道她已絕了呼吸

她一定是剛死不久
頭上的兩根長須還在隨風輕搖
細長的腿還保留有抓緊大地的力量
陽光穿透她戴著墨鏡的眼
斑斕的翅膀折射出淒涼的死亡之光
死去的蝴蝶是美麗的
她的美麗在於
死了比活著還顯得安詳

她的死讓我想起許多美麗的詞句
但什麼樣的詞句都無法描繪出她的死亡
我下意識地
用手指把蝴蝶小心地捏起
放進禁止入內的人工草坪上
這可能是對她最好的埋葬

那塊草坪我永遠不會淡忘
在站前東西大馬路的第一個十字路口
一根高壓電杆旁

並非箴言

圍繞你打旋的風散了
天空晴朗得徒然長高
我們斜靠過的大樹
開始衰老

於是，你也風一樣散去
降臨的暮色
拾走你的腳印
記憶的河灘上，我是
一艘空空蕩蕩的破船
為躲避一場無情的風暴
喘息著靠岸

風已被你全部帶走
停滯的空氣裡
一張陌生的臉飄浮著
隔開你我
白晝與黑夜的分界線上
複雜的世界在喬裝打扮

羈旅者開始對孤獨和距離麻木
洪水氾濫是因為河對岸的背叛

航標燈像赧顏的老嫗
在河面上寫滿寓言

你消失後
你便永遠與河流有關
你消失後
我變成風的遺骸
狼藉在地平線

神仙奶奶

奶奶是李紀崗村公認的美人
長爺爺五歲，嫁給爺爺後
她就再也沒離開過草屋的東間

奶奶是位烈女
院子裡那顆棗樹沒有長直
就是因為她火爆的脾氣
奶奶敢呵叱恃強凌弱者
但從沒和爺爺別過嘴

奶奶還是村子裡有名的巫婆
不少嚇丟的魂在她跳完大神後被喚回附身
小表弟的高燒也常在她請示了五大仙八大神
被她的手輕輕撫摸、被她輕吹幾口氣之後見輕
跳大神是奶奶的體力活兒
每次她都會在裡屋換掉濕透的內衣
悶泡在木盆裡

我是被奶奶摟著長人的
也是手不抓著、嘴不吮著她的瞎乳頭
不入睡的淘氣鬼
奶奶水靈靈的大眼睛是為我們縫補衣裳花掉的

奶奶的滿口白牙是被我們纏著講故事講掉的
奶奶的雙鬢是為我們操心變白的
冬天，奶奶常在爐子旁為我烘乾尿濕的被褥
油燈下，我在她的棉襖上
也逮住過不少吸血鬼似的蝨子

奶奶曾扯著我的手回過幾次娘家
那是十幾里外洪山廟一個叫魯灣的村莊
她手挎著滿滿一竹籃剛出籠的白饅
那是她送給娘家的一份厚禮啊
那時候，雖然我早已跑得像兔子一樣快了
但還是走不過她的那雙裹過的小腳

小時候，我們常常圍著奶奶說
等我們長大了要好好孝敬她
可是，沒等我們長大
奶奶便選定了離世的日子

奶奶的死至今仍是難解的謎
一九七八年，在爺爺過完三七的正月二十八清晨
奶奶突然吩咐父親為她料理後事
當天深夜十二時

奶奶在她選定的時間裡停止呼吸
翌日，按照她的遺囑與爺爺合葬
那一年她七十六歲

訴說與記憶

一

學著貓和金錢豹
你攀援上田野邊的一棵樹
像蠶和蟲子
吃光葉子和果實
摘走樹上用漢語攀談的月亮和星星
然後，長粗你的細腰

從一根枝幹跳到另一根枝幹
你驚走樹上談情和偎依的鳥
讓童話般的暖巢
變得空空蕩蕩

二

一千天如同一瞬
田野上落滿你眼淚的彈痕
和哭聲的呼嘯
來自你內心的洪水
淹死過那麼多莊稼
沖毀了那麼多房舍
而你還在氾濫

以自戕和誓言作為賭注

樹木，是田野
罪惡的手指
它撫摸過你所有的天空和溝壑
那在凹陷處硬挺出的左峰
那被濃密的海草般簇擁的生命之井
在比海底更深的地方
痙攣著抽縮

三

有時，你
渴望大海乾涸
想讓沉船裡的亡靈
走出海底
去陸地上生活
而大海與陸地的距離
是水平線和地平線之間的距離
它的長度遠遠超出你的想像

四

在我公寓朝陽的榻榻米上

呻吟聲跌倒在記憶裡

你面頰上的紅暈飛走

時間粉紅色地綻開

那扇我進進出出的柵門

那扇印滿我生命之吻的柵門

那扇右邊寬左邊窄的柵門啊！

也由粉紅變成了

黑褐色的帷幕

　　　——片段 I

一條異國的河畔

詩人在夏夜的蟲鳴裡失眠

我的白色子彈射在你的髮絲間

黑夜被擊破，你被點燃

像一個滾動著燃燒的星體

燒灼我爆炸的欲望

我也燃燒著，整個日本海

像一鍋煮沸的水

　　　——片段 II

接過我手中的玫瑰後

你便像另一朵玫瑰了

從此開始憂傷
在一幢白樓房的頂層
你避開我詩歌中的隱喻
與窗外的梅雨一起抽泣
日晷像被你的淚水鏽住了
我的太陽也無法
從你的大海裡升起
　　　　——片段Ⅲ

耳朵裡長滿了你聲音的繭子
你讓我閉上眼遞給我你馨香的唇
我像盲人被你的小手牽著走
走過白晝喧囂的街衢和烏鴉的聒噪
走過夜櫻下的石橋和橋下魚兒們的睡眠
然後，你一次次地暗示
讓我悄悄地躲藏在你的子宮
　　　　——片段Ⅳ

　　　五

夏日的太陽像島嶼短暫的微笑
你巧妙地躲過了暴力的雷鳴和颶風
盯著朝向原野飛翔的燕子
你悚懼它馱著陽光飛翔的羽翎
會在你攀援的樹上築巢

你用一隻手懇求我
用另一隻手提防它

而燕子是庇護過我的一隻美麗的鳥啊！
我曾在它的翅膀下避雨
躲過了意想不到的霹靂
它用尖喙啄食過我身上的蝨子和蟣子
並銜來遠處的歌聲填入我荒涼的內心
我曾隨著它盤旋的翅膀
飛翔

六

風從你攀援的樹枝上颳起
時間揭開歷史的面紗
愛情敗露在背叛面前
訴說和記憶的輪廓
正隨我生命的衰退而明晰
包括你充滿柔情和憂鬱的面孔

雪的飄落不是為了覆蓋原野
更不是為島和樹木披上聖潔的婚紗
記憶中，你仍是向著岸挪動的島
向西
──向著我的故鄉

以處女的輕柔
大口大口地呼吸著
原野上的風

對於我，你
就像時隱時現的島對於大海
就像來去匆匆的雲對於天空
是一次渺茫而空洞的痛疼

殘雪

像冬天遺忘在大地上的
一隻耳朵
沒有誰知道它在聆聽著什麼

赤條條的樹木顯得更加挺拔
像一把把豎琴
被西北風彈出聲音
無法掩身的鳥
憎恨著落葉的背叛
在光禿禿的枝丫上
提防著準星後的眼睛
然後，用自己的翅膀
馱走自己的啾鳴

對於周圍的動靜
殘雪始終無動於衷
像一塊凝固的冬天
它的冷酷與季節無關
當太陽步履蹣跚地
從被雪水濡濕的大地上走過
殘雪一邊承受著陽光的刺扎
一邊把滿身瘡痍的身子

貼緊大地

雪融化了
覆蓋的欲望
在殘雪的身上沒有破滅
在太陽的眼裡
殘雪也許是頑固的抵抗者
但在大地的心中
它卻是聆聽蟄伏於地下
春蠢蠢欲動的
使者

樓上的少女

有時，我不得不忍受她腳步聲的轟炸
以及她沖淋浴時水聲的喧譁

生活在她的腳下，久了
噪音的騷擾開始在我心中
化作幻想的浪花
我想像她和我一樣格局的屋子
兩個朝陽的房間臨路
春天的老櫻樹在窗玻璃裡泛綠
我的寢室之上是她的寢室
我的浴室連接著她的浴室
她的瀑布通過我廁所的排水管流入地下
有時，我們湊巧在同一時間裡跳進浴盆
我欣賞自己健康的裸體
她或許也在對著鏡子看
自己的乳房和腰肢

清晨，我出門她也出門
我們偶爾在樓道裡邂逅
用微笑和點頭問好
她的雙眸是一道風景
有時，她走在我的前面

下樓梯時她的披髮是一道風景
上樓梯時她的臀部是一道風景
有時，我們同在電梯口等候
那時，她豐滿的胸和羞澀的表情
又是一道風景

她的夢在週末作得很長
花窗簾總是拒絕翌日高升的太陽
我們的床像是擺放在同一個位置
很多次我夢見她柔柔的夢落下來
重重地將我砸醒
她的夢溫暖又白嫩
讓我想起無數次撫摸過的美麗乳房
很多次在夢中，我的手攫緊被角
像抓住了她的乳房
然後在全身顫動後驚醒

我常常牽著一位少女的手回來
揮霍青春
一位陌生男人也偶爾隨她進屋
當我聽到她把門咣當關緊
會感到兩隻舌頭接吻時

在口腔中瘋狂的舞蹈
那時，她香噴噴的鼻息總是彌漫我的全身
接著，我的樓頂開始顛簸
他們像浪尖上的船
船身濕漉漉的，搖櫓的聲音
濕漉漉的，不知所措的我
也濕漉漉的

她的視窗坐落在我的視窗之上
晴天，風將她晾曬的乳罩和小褲頭的影子
吹落在我的陽台
那時我的滿屋都是她青春的好氣息

她永遠壓著我
她卻是我妄想的被害者

傍晚時分

明亮的燈光下

大家圍坐著聊天、喝茶

我佯裝聽

其實在想十年前的一樁小事

在一片蘋果園裡

我用身子滾倒了一大片深草

頭枕著雙手看快熟的蘋果宛若處子

沐浴著溫情的陽光

一隻小蟲在蘋果葉的背面

執著地齧噬一個小洞

高處的陽光透過洞口落在我身上

就在我沉浸在這美好的回憶時

一隻小蟲真的不緊不慢地爬向我的腳邊

這隻來歷不明的小蟲

長著一雙透明的羽翼

徑直爬向我的鞋幫

牠也許不會傷害我或爬進我的褲腿

但我還是不動聲色地

輕輕一抬腳

踩死了牠

寫給梓依

接納你的世界對你是多麼寬容
——它並非全部的和平被你貪婪地吮吸
無形的風為你在窗玻璃裡留下蹤影
櫻花間的小鳥啾鳴著向你報告春天
雲朵透過窗在你的瞳孔裡飄動
對於牙牙學語的你
世界也許是無邊的晴空
因為你還不懂得陽光下
明亮裡的黑暗和溫暖裡的寒冷

比你嬰兒車輪大的是地球
比星空深邃的是母愛的宇宙
聽著你的啼哭和笑聲
看著你在媽媽催眠曲裡的睡容
我多想說：女兒啊
大地上所有的嬰孩都像你
世界該有多好！

我居住過的城市

我居住過的城市
在黃河邊上
它的本來面目早已被
淤泥埋在地下

就像沒有誰能讀懂黃河
真正瞭解它的人遠在宋朝
那巨幅畫卷的〈清明上河圖〉
也代表不了它昔日的繁榮和發達

西元一千年，它是世界的中心
西元兩千年，它幾乎被世界遺忘
當洪水一次次漫過城堞
淹沒藍磚馬路兩旁的琉璃瓦宮殿
汴京便成了它永遠的過去

我居住過的城市
是洪水洗劫後
一次次從頹圮的瓦礫上站起來的
在被洪水埋葬的古都之上
迎風傾斜了
六百多年的鐵塔沒有圮毀

飽經滄桑的老槐樹
照樣開花

沒有誰嘲諷過黃河
說它是災難的搖籃
也沒誰哀怨過
洪水的力量勢不可當

我居住過的城市裡
人們一代代繁衍子孫
包括有著猶太血統的同學
他們已習慣曾經喧騰的城市
在他們的腳下沉默

如同皇帝的陵墓裡
陪葬的青銅器
我居住過的城市
硬氣而又神祕

流亡者

是祖國的風
吹滅了你心中的燈？
還是異域的太陽
誘惑你遠行？

轉身不等於背叛
但轉身的剎那
跟你一起長大的地平線
還是在你的腳跟下
掙扎著消逝

遠方是你全部的行囊
背負著它
就像背負著你的母語
讓它與你一同適應
陌生的鳥鳴和光明

大海永遠是寬容的
它載得動每一張船票
天空永遠是無情的
它不會收留任何人的魂靈

比烏雲沉重的
是誰的心情？
比黑夜黑暗的
是哪類人的眼睛？

如同漂木，流亡者
無法斷定自己的歸宿
他的雙腳永遠是
被命運緊攥的鼓槌
無論何時何地
都會擂響大地這張疲憊的大鼓
比彼岸遙遠的是真理
比放逐漫長的是凌辱

視網膜上的風景支離破碎
祖國仍是他夢寐的故鄉
鄉愁從碼頭開始
母語到生命為止

冬日

不用繞遠過橋
便能走到彼岸
冰封的河面為我們提供了捷徑
冬日

光禿禿的山戴著雪的白帽子
打盹
患上白內障的太陽
打著一個又一個趔趄
然後，滑倒在冰雪上

雪的覆蓋
連野馬也分不清阡陌和草原
樹的影子被凍硬在冰裡
尖利的西北風越過山脊峰巒
呵叱著房簷下取暖的鳥

就像寒冷封鎖不住煙囱
垂直的上升
雪豹在高山的險坡上奔跑
愛斯基摩人在冰屋裡
夢想著春天

一泡馬尿勝似溫泉

河口變成一張緘默的大嘴
擱淺的船像褪掉的牙齒
喪失了航行的咀嚼力
魚在冰層下忘記了天空
跑過馬車的路邊樹上
空空的鳥巢
是一個溫暖的象徵

梅雨

梅雨淋不濕垂直落下的梅香
被風吹彎的傘上
結結巴巴的雨滴
渴望著絲綢之旅
梅雨打濕的只是從腳下
消失的地平線。遠方
藏起回聲的山
彷彿巨大的海綿
貪婪地吸吮著
雨粒、雨粒
樹在盡情的沐浴裡
讓綠更深一層
悶居在天空的太陽
等膩了自己的裸身
在黴菌悄悄蔓延於月亮的背面時
朽木構思蘑菇的形狀

記憶

人的記憶
暗渠一樣潺潺
不知疲倦地
流淌過死亡

歷史的記憶
大海一樣不會消失
即使地球毀滅
它也會流向別的星球

神的記憶
如同總是沉默的天空
即使真理遭到侵犯
它仍然緘默不語

戰爭的記憶
是被流沙吞噬的墓地
即使彈片生鏽和腐爛
悲傷也會留下

樹木無法記憶綠色
即使把一切都隱藏於年輪
也會被鐵鋸暴露無遺

夢中的河

夢中的河橫流在我的故鄉
跟傳說中的那條很像
飄渺恍惚如一條鞭痕
在一代又一代人的記憶中
抽響

架在河面上的石拱橋
仍以石頭的剛硬
負載重壓和抵抗風暴
鐫刻在橋欄上的木筏
厭倦了飄泊
看得懂橋頭碑文的人
已早死光

夢中的河以西高東低的走向
流入海口
它的上游連接著高原和雪山
那裡離天堂很近
也是葬人的好地方

祖祖輩輩沐浴它長大
年年乾旱的農田因它的澆灌長糧

夢中的河
彷彿一句失傳的母語
在故鄉的大地上回蕩

洪水沖毀過的屋舍
已與夢無關
那決過堤的岸
已被牛馬踩成堅實的路
飛跑過蜻蜓和少年

小小的碼頭上
一隻無形的手
解開拴船的繩纜
而另一艘駛來的船
彷彿載滿了鄉愁
喘息著靠岸

蒙古草原

宰羊的刀，閃亮
必備的獵槍提防著狼
一條小河彷彿馬鞭
在草原的脊背上抽響

燒著馬糞的炊煙，升天
俯視的鷹眼落在柵欄
馬頭琴、潮道爾、牧歌
回蕩四方。草原下
恐龍沉睡了八千多萬年

賽馬、摔跤、射箭
被狼吃空了內臟的馬還圓睜著眼
哈爾哈林、敖包、喇嘛寺院
地平線連接著弧形的天

馬奶、乾酪、烈酒
銀碗裡盛滿古遠的豪爽
氈包裡，狼皮上的眼泛著光
敬奉成神的成吉思汗不知葬在了何方

墳墓

幾隻啾鳴的鳥
驚破周圍的寂靜
棲落在墳頂

一陣陣涼風
一把把無形的木梳
梳彎墳上的枯草

死去的人被運來葬下
悲傷和回憶
從此在這裡落戶扎根

活著的人走來
在墓碑前輕輕合掌
留下腳印離去

沙漠是駱駝的墳墓
大海是水手的墳墓
地球是文明的墳墓

墳墓是死亡的另一種形狀
像美麗的乳房

隆起在大地的胸膛

靜止的墳墓也在成長
但它從不挪動自己的位置
即使被洪水漫過被風沙湮埋

墳墓
是長在地平線上的耳朵
聆聽和分辨著它熟悉的跫音

照相機
——給荒木經惟[1]

對於你，照相機是男女的化身
能伸能縮的鏡頭是男根（penis）
微微突出的快門按鈕是陰挺（clitoris）
它們被你的手指一次次地撥動
世間才有了難忘的一瞬

對於你，取景器是窺視的小洞
世界在你的眼前黑白分明
有時，也色鮮無比
在拍照的物件之間
是你與世界的距離
它伸手可觸，又遙不可及

對於你，生命或許是憂傷的記憶
那在炙熱的太陽下老去的綠樹
那在愁緒滿懷的積雨雲下疲憊著頹廢的都市
甚至被忘卻的廢墟
以及活貓和蜥蜴玩具的眼神

---

1 荒木經惟（ARAKI NOBUYOSHI，1940—），生於東京，畢業於千葉大學工學部。日本當代也是
享譽歐美的著名攝影家，主要拍攝女性裸體，是日本獨一無二通過裸體和情色表現人性醜與美、善
與惡的寫真大師。他和妻子陽子的故事曾被著名導演竹中直人拍成電影《東京日和》。

都被你定格為超越自身的神奇

對於你，照相機就是自由！
歷險的手指是會思想的溫度計
它測試著世態炎涼和少女的體溫
當白乳房上的乳暈燃燒
當肉體變成靈魂的吶喊
過去的永遠留下
未來的成為過去

在敞開的肉體面前
你讓我們看到
美麗中潛伏的欲望
欲望裡隱藏的美麗

堰塞湖

在大地千年不遇的暴戾之後
你是橫空出世的忤逆之子
倒懸在半山腰
讓悲泣的河流啞默
讓移動的山巒恐懼

改變陽光的形狀
不動聲色地成長、變深
暗算著
如何淹死星星和月亮

或許你想與天比高
變成天鵝湖
誘引天鵝飛來戲水下蛋
或許你在蓄謀另一種悲劇
沖走瓦礫下壓碎的聲音
灌入大地的裂縫

你比大地更加粗暴
沖毀大山並將樹木連根拔起
死去的靈魂已對你麻木
倖存者也沒餘力去詛咒你

堰塞湖、堰塞湖
你是否看到那位年輕母親哭乾的眼？
翹望著廢墟
等待著呼喚的出現

一萬年後，你也許變成
那時的風景
但我要在這首詩裡寫下證據
西元二〇〇八年五月
你是十幾億人眼淚的彙聚

西公園與手掌 [2]

穿過很多次
才記住了你的名字
西公園，有好幾條路
都能通往我的去處
可不知為什麼
每一次，我總是不知不覺
就穿越了你

記住了你的名字
公園的概念便開始在我的心中變小
巴掌大的你
周圍長著的大樹像你的手指
每一次從那四季青的樹下走過
如同接受了情人的愛撫
內心寄生的惡和積壓的雜念
都被你的濃綠過濾

有時，為了抄近斜穿過你
就像走在了你掌中的生命線上
我感慨自己的命運

---

2 西公園位於仙台市內，緊鄰廣瀨川，離魯迅當年居住過的木房公寓很近，是筆者每天去大學教書的
　必經之地。

與你邂逅的不可思議
那條連接著一排排長凳椅的小路
通向偎依的情侶
我把它假設為你的愛情線
它的北側，停靠著
再也跑不動的火車頭
那比燃燒過無數煤炭還黑的機身
靜默地還原一段歷史

站在你的掌心中央
常常為野貓撕碎麵包片的老頭感動
偶爾，也為在樹枝上聒噪和拉屎
然後俯衝向人群的烏鴉
感到無奈和恐懼

我每天騎車穿過的
那條稍寬的路
就算是你的事業線吧
它被旁邊的廣瀨川切斷
但如果沿著毗鄰你的
那座東西走向的仲瀨大橋
向西，仍能從你

走進西沉的太陽

西公園，我敢說
包括我在內，路經你的人
對於你都不過是匆匆過客
而註定長命的你
既不會記憶記住你名字的人
更不會翻動巴掌大面積般的手
去摑記不住你名字者的耳光

北京胡同
——兼贈戴望舒

也是在一個雨天
我打著一把新的折疊傘
迷在了一條死胡同
在我走投無路時
突然想起年少時迷戀過的
你的江南雨巷
和那雨點撲嗒嗒打在你的
油紙傘上的聲響

這裡是你倒下和埋著你的北方
離雲很近
離水很遠
遠得如隔著兩條大河的
你那千里之外的故鄉
水好像懼怕著這裡
河流不到城內就乾涸了
匆匆擦過高層公寓頂的積雨雲
不落下一滴雨
嚇掉魂似的
飄走

真的，雨天在這裡
一年年減少
撐著折疊傘
即使我走不出胡同
心中也不會升起一絲惆悵
雨中的愜意
透明得如同晶瑩的淚珠
在車來人往的水泥路上
我卻逢不到一個
有著羞澀感的姑娘

很多時候，這裡
眼看著陰霾的天要降雨了
其實是上天開的一個玩笑
一場鋪天蓋地的沙塵暴
讓你張不開嘴睜不開眼
彷彿公平地活埋每一個人
佇立在幽深的胡同
聽著雨點敲出你那時的節奏
即使從那些來自鄉下的少女身上
也聞不到丁香的芬芳
現在的愁怨要比你那時脆弱
動不動就與自戕相撞

徘徊在胡同

我看見落地的玻璃窗內
很多目光望穿雨天和樓群
向遠處張望
讓我聯想起三十年代
你被捕的上海和香港
一排濕漉漉的樹下
蠻橫的汽車像那時的劊子手
揮舞著踐踏人性的刀
把道路砍得劈啪直響

雨巷，胡同
隔著一代人的年齡
那時的中國是多麼窮啊
你卻能靠稿費在巴黎留學
現在的中國多麼富有
但詩人們仍沒錢到歐洲遊逛
在過去的雨巷裡
你是貧窮中國裡的富有者
在富裕起來的北京胡同
詩人們仍窮得叮噹響

與鳥有關

飛來飛走
其實是鳥兒們自己的事情
但這一舉動總是牽動我的思緒
包括牠們有時聽起來像唱歌
又像慟哭的鳥鳴

陰霾的日子，牠們用翅膀馱來
遠方的陽光
暖亮我灰暗的內心
天若放晴
我陰冷的室內又因牠們的
啾鳴而充滿生氣

活著的鳥
見證著我的死亡
靜止在畫冊中的鳥
感受著我的鼻息和目光

即使在黑暗的夢中
鳥也猶如閃電的精靈
留下歌聲後隱去身影
讓我記不住牠們羽毛的顏色和眼睛

我常常面窗而坐
想像中的鳥
便帶領著一場暴雨而來
猛烈地抖動翅膀
像滂沱的雨滴
砸向大地

牠們常常飲水和洗足的河
變得乖戾
河灣瘋狂地長草
讓毒蛇的嘴潛伏其中
讓彎曲的河水流過樹冠
和枝丫間的鳥巢

而所有的這一切
都發生在一層透明的窗玻璃間
薄而脆弱的玻璃
是我與鳥和世界的距離

有一天，從樹頂上飛走的鳥
像一團火光
一閃即逝

牠留下的一聲長鳴
讓我平靜的心為之一驚

半島裡的蛇

我夢見你的腰帶變成蛇
蜿蜒在半山腰
一棵粗壯的樹
像是被霹靂削去了樹冠

無頭的樹幹
還活著
隔著一片浩淼之水
挺立在山的東邊
牽引著月亮的攀升

山腳下那條通往大海的路
我還沒有走過
路兩旁長著的梅樹
祕密長出了四十圈年輪
但還沒曾結果
只在隆冬開花的
那比雪還白還輕的梅花瓣
隨雪片融化後
春天就來了

野草綠滿半島後

蛇才爬出幽暗的洞口
她漫長的冬眠
是為了不分晝夜地作夢
夢死亡的顏色和文字的號叫
夢孤獨的形狀和抽泣的音色

為了讓習慣黑暗的眼
適應光明
蛇戴上了眼鏡
也許她有著眼鏡蛇的凶猛

花皮膚的蛇彷彿穿著一件花裙子
在初夏的一個深夜爬進我的夢中
她羞澀地扭動著腰身
讓我在夢遺後無眠

小鎮

循著敘述壅斷的記憶
南下，在臨水的小鎮上
一聲邂逅的狗叫
喚起我的羈愁

毀於兵燹的木樓被文字還原
清澈的水裡
魚鱗帶著那時的星光
在水底閃亮

隔著那麼長的歲月
河流是一條疲憊的緞帶
它包紮著受傷的村落和山崗
滄桑的碼頭
翹望一片粼粼之水
彷彿在等待消瘦的水手
伴隨著一陣陣咳嗽
划著烏篷船
逆流而歸

挺拔的老樹上
嘰嘰喳喳的麻雀

數著青石路上的跫音
殘破的古廟裡
圓寂的和尚夢見天堂

隱隱約約傳來的船歌
迴蕩在下游
載動船的水
卻流不走
那夾雜在天籟裡的咳嗽

無遮無攔的天
是一面鏡子
反照出記憶的黑斑
一個時代的倒影
在水中晃動
變得模糊不清

旅次小鎮
在陌生感被黑暗沖淡的夜晚
我在夢中咳血
然後夢見
老水手那明明滅滅的煙袋鍋
照亮我的臉

歌聲

我看見歌聲中的路
在地平線上延伸
少年的我
在上面奔跑
向南
向著我夢中的
藍色果園

白茫茫的水無邊無際
在我的左邊泛白
它已與大海無關
我的右側
是一座阻擋遠眺的荒山
山腳下堆滿了
風的死骸

一艘斷桅的船
擱淺在節奏的岸邊
彷彿在等待水手走近
紅嘴鳥飛走
白鷺鷥翔來
它們用美麗的羽毛

撒下的音符之光
在大地上
閃亮著迴響

歌聲之手輕合上我的眼
之後掏空我內心的雜念
一棵樹打掃著被汙染的天
一群野馬穿越死寂的荒漠
在我的肉體裡撒歡
空中，凶狠的老鵰盤旋著
好像在用牠銳利的眼
打量地面

山不再代表巍峨
天涯不再視為遙遠

樓梯
——給畫家廣戶繪美 [3]

陽光驅趕著樓梯上的黑暗
我感到時間的洪流
正順著樓梯瀉下
湮沒沉寂的空間

一隻握著畫筆的手
如同擎著光芒
讓樓梯在黑暗中還原
把立體的現實變為平面的抽象

我為陽光在樓梯上的反光
感動。人生多麼像
那飄動在反光裡的雲朵啊
隨著太陽的移動，變幻消失
然後，又隨太陽的升起而重現

樓梯是一種秩序和規律
把奧祕深藏在它的哲學裡
樓梯是一種沉默

---

3 廣戶繪美（HIROTO EMI，1981—），日本當代青年畫家，生於廣島，畢業於廣島大學美術系。參
加過多次大型畫展，部分作品被各大美術館收藏。

它默默地承受著黑暗和孤獨的壓迫

樓梯有很多種結構和質地
陡和緩、寬和窄、木頭和水泥……
但它們屬行的職責只有一種
上：縮短你與太陽的距離
下：讓你走進地平線或遼闊的大地

樓梯是一道暗器
停電的夜晚，我們不得不小心翼翼地
用腳步試探著它攀緣
樓梯也是一把椅子，有時
供我們坐著歇息或生悶氣

我們常常忽視樓梯的存在
其實，人人心中都有一個樓梯
它時時考驗著我們：
是否上得去還能下得來

龍

確實是在江南古鎮的
一條老街上，我遇見了龍
跟傳說中的很像
在那條老街惟一的拐彎處
龍用她的南方口音
讓我收攏住腳步

她幾乎是跟我數碼相機的閃光燈
一同消失的。膚色黝黑的龍
滿臉朝氣，像那一天
秋高氣爽的天空

我頭頂著晴空繼續拐彎
向北，偶爾瞟一眼
房檐下或木門上
那被歲月磨得模糊難辨的
圖騰。或許龍被鐫刻的那一刻
就註定了再也回不到天上和大海
她們風燭殘年的命運
令人同情

像是被一排柳樹召喚

我來到老街北側的池塘
池塘像碩大的手掌
輕搖著它岸邊的柳樹
為我送涼。幾隻白鵝
從水上游過，一條蛟龍
在牠們身後游動

黃河是北方的一條龍
泥沙俱下地游向東海
長江是南方的一條龍
一刻不停地在峽谷間翻騰

離開古鎮後，突然覺得
我穿過的那條狹長的老街
何嘗不也是一條龍呢
苟延殘喘在江南的大地上
彷彿伺機而起
掙脫著古老的象徵

盲流

至今，這個詞
還時常像一道極光
在我的記憶裡閃亮

那些年，我很年輕
像一匹健壯的馬
被時代看不見的鞭子
趕到了荒原

荒原上除了雜草叢生的野地外
也有幾座禿山
它們總是擋住我
遠眺的視線
讓我的鄉愁在荒原上
飄蕩。當然
禿山也阻擋著颱風
帶給我一種漂泊的安全感

那幢面朝南的
我住過一段時間的屋子
常常出現在我的夢中
依舊紅磚木窗

孤零零地忍受著風吹雨打
和狼嚎聲的恐嚇

就是在這座房屋前
我與盲流不期而遇
他來自山東
滿臉粗壯的鬍鬚讓我辨不出
他的年齡

有一天，我們混熟了
他送我從潛伏著怪物的湖裡
捕撈出的老頭兒魚
並小聲告訴我
他是一名逃犯

想起他眼神裡藏滿的恐懼
我就會看到
世界可怕的一面
我不清楚他犯有何罪

幾十年過去了
我突然想變成一匹馬

去荒原找他
哪怕找到的是
一堆白骨或一座墳墓

夜櫻

月光點燃的燈盞
在枝頭跳動
恬靜中的熱烈
傳遞柔情

白色中的淡紅
如同少女臉頰上
初次的紅暈
讓春寒料峭的夜
溫暖柔和
閃爍的星群
變得神祕而遙遠

城池裡的一片死水
因夜櫻的倒影
恢復河流的記憶
它們活力充盈
流過月亮
流過夜的皮膚
和花瓣的簇擁

半空和水底的一朵朵夜櫻

——小小的火苗！
照亮我們眼前的黑暗
聳立的城樓不再威嚴
歷史的血消失了猩紅和悚然

沒有什麼力量
能阻擋夜櫻的綻放
億萬噸重的黑暗
壓不垮柔弱的花瓣
銀河即使傾瀉而下
也澆不滅她們嚮往自由的天性

掠過海面和陸地的微風
輕撫夜櫻的花蕊
然後，越過高高的城牆
將花瓣們的竊竊私語
帶給遠方的黎明

水
——給畫家野田弘志 [4]

水穿透山
磨光有角有棱的石頭
流到你的跟前

想像逆流而上
游向時間的源頭
揚帆的船拋錨
目送你遠行
岸邊的水鳥驚飛
它們展翅的鳴叫
是一陣迎候你的鼓掌

天為你而晴
你伸手逮住一片白雲
把它貼到畫布上
雲從此便飄不出你的畫框了
天也從此永遠碧藍

---

4 野田弘志（NODA HIROSHI，1936—），日本當代超寫實主義畫家重要代表之一，祖籍廣島，生
　於韓國，童年曾在上海度過數年。畢業於東京藝術大學油畫系，深受達芬奇和岸田劉生等畫家的影
　響，獲過安田火災東鄉青兒美術館大獎等。不少作品被日本和西方美術館收藏。退休前為廣島大學
　美術系教授。

倒形的三角洲上
風吹動茸茸的草
那小小的島被掩藏其中
願與它為伴的蛇
在月下失眠
在橋上走來走去的木屐
打破黑夜的寂靜

在你的凝視中
顏料是另一種水
它流過模特的乳房和目光
死亡的鳥因此栩栩如生
荒涼池沼邊的枯樹
也因此有了萌芽的衝動

夜晚

一排黑魆魆的樹梢
鋪成半空中的一條路
在夜晚中飄浮

遠處亮燈的窗
和天上明滅的星
佯裝迷路的鬼火
照不清蝙蝠
——這黑夜精靈的面孔

夜晚是一雙黑翅膀
暗藏著巨大的能量
讓天空變低
讓大地上升

喧囂的城鎮沉寂了
奔流不息的河流往天堂
遠帆的船仍不知疲倦
在漁火的閃爍裡
夢想著更遠的浪

距離是隔閡又是融洽

它殘酷而又美麗
像一種看不見的力
不動聲色地衝突與廝殺

夜晚是死者無形的身影
他們擁擠在黑暗中
彷彿懷戀著人世
又似乎已把人世忘卻

【 2011—至今 】

梓路寺 [5]

（一）

木魚敲響，沉重的千年之門
啟開。端坐在蓮花上的菩薩
頓然生動
吟誦的經文如行雲流水
滋潤著窗外的
菩提樹根

（二）

巨大的花蜘蛛在一塊黑石下
作著白日夢
牠或許想躲進石頭
讓自己的花紋成為永恆
但牠的夢想被遊客擾醒
驚嚇出一泡尿後
逃入草叢

---

5 鄰接安徽黟縣宏村奇墅湖，依山傍水，始建於唐朝（西元 843 年），後經數朝續建翻修，曾形成恢
宏壯觀的建築群，為當地佛事興隆的禪門古剎。元明雖又相繼重建和複建，但最終還是被戰亂和文
革毀於一旦。2003 年中坤集團公司無償斥鉅資重建，建築面積 11780 平方公尺。2009 年年初開光。

（三）

月亮溺死在人工湖後
一片死水裡生氣漾動
尋找它的船忘記時間
時間忘記群山的生長
一個殉情的寓言
從此未能浮出水面

（四）

升起在遠方的彩虹
如同我的情人丟失的頭巾
被夕陽掛在高高的
峰頂

（五）

灰瓦白牆記憶著歷史
陽光拉長它們的影子
水流過的稻田裡
蟲鳴如另一種經文
為停在稻穗上的蜻蜓
禱告

（六）

下榻水邊
潺潺的水聲讓我失眠
面對青山和竹林
我也想變成一條木魚
在梓路寺裡
流連忘返

猶太人

一千年前
他們踏破絲綢之路
來到我的祖先之間
像一個易碎的中國瓷器

他們的男人對著黃河
看自己的鬍鬚
慢慢變白，然後脫落
他們的女人豐碩的乳房
也漸漸被黃風吹瘦吹落
他們得到了皇帝的善待
長成那時
有名有姓的樹木

他們撥響的算盤
和積攢的金幣
如今還在汴梁的地下
發光和增值

近百年前
他們又集體「遷徙」
用僅有的一口氣

連夜翻越阿爾卑斯山
逃奔到神的身邊
但他們的很多同胞還是被黑暗
挽留在了黑暗

如今，他們生活得揚眉吐氣
夢想的遼闊大於地球
還想把陽光據為己有
用同樣一把算盤，暗中
他們甚至能把一個帝國
撥動得劈啪作響

尋人啟事

流雲，屬雌性，九〇後
長髮披肩，劉海過眉
在湘江之上飄逝
那天無風，因此去向不明

身高一六三公分，沒量過體重
生於六一兒童節
五官端正，雙眼皮
不胖不瘦，但有賊瞟嫌疑

性格具有兩面性
溫順時如貓，火起來如豹
笑像一朵花
怒像一團火

失蹤前，手被天狗咬傷
在醫院裡挨了幾針
估計屁股上還留有針孔

普通話比毛澤東講得標準
聽起來跟春風一樣動聽
在陽光下的草坪上背會過幾句英語

估計到了美國
自我介紹說不囫圇

喜歡彈唱，更喜歡追星
崇拜的偶像是周杰倫
失蹤那天
下穿泛白牛仔褲，上著黑色羽絨衣
毛線圍脖，棕色皮鞋
典型的一位辣妹子，但也愛吃甜食
看到蛋糕，忘記祖宗
每個月底，都會有幾天肚痛

在湘江岸邊長大
常常夢見大海
湘江上的橋越架越多，兩岸的樓越蓋越高
湘江裡的水卻越流越少
有一天，湘江乾涸了
江裡的魚不知是否會展翅飛逃
像她一樣不知去向

海嘯

大地晃動之後
天空傾斜
巨浪像翱翔的鷗群
湧到半空

寺院的鐘聲淹沒了
神一聲不吭
大片的陽光被捲走
天無動於衷

是何等的力量
讓船擱淺在屋頂上
把海底的千年黑斑
裸露給天空

地平線來不及向遠方延伸
便失蹤了
樹木就要等到春天了
突然被攔腰折斷

倖存的饒舌者
請保持安靜！

學習悄聲落地的雪吧
來無聲，去無蹤

此刻，語言是多餘的
悲傷也絲毫無用
就讓淚水中的鹽分
悄悄在我們的體內結晶吧

為死者
也為活著的我們自己

樹與鳥

樹是鳥兒們的家
又是它們空中的墳
白天供它們在枝丫覓食嬉耍
夜晚讓它們在綠葉間棲息安眠

對於鳥
樹永遠是溫暖的等待
從不挪動自己的位置
不論風中雨中
還是酷暑隆冬

對於樹
鳥是無休止的出發
漫無天際地飛
不論城鎮鄉村
還是群山森林

鳥不停地播撒下歌聲
樹不停地向上生長向下扎根
都不是為了大地和天空
而是為了彼此的信任

對於鳥，樹是永遠的啟示
對於樹，鳥是它飛翔的夢
即使樹被砍伐，鳥被射殺
樹也會把鳥兒們的祕密藏進年輪
鳥也會把樹的種子銜往遠方萌發

西湖

綿亙的青山
像一堵牆
阻擋著四面來風
侵犯湖面

一輛輛馬車
運來宋朝
皇帝的絕望
在吳音裡著床
蹄印和車轍
深深地刻印在
吳越和汴梁

靈隱寺的光頭和尚
——純粹的超現實主義者
他們撞響的鐘聲
回蕩在山谷
成為絕響

穿越想像的流鶯
將羽毛抖落湖畔
飄飛的柳絮

化作白雲沉入湖底
西湖啊，西湖
你是被東坡之手
輕輕擦淨的
一面銅鏡

划槳人的船歌
在湖面失傳
拴船的纜繩
變成蜿蜒的運河
彷彿西湖襟飄帶舞
連接南方與北方

西湖啊，西湖
你是江南女子柔情的腰身
這裡的方言因你濕潤
鐘聲裡的景色也因你迷人

月光

月光是樹的婚紗
在樹下啄食的紅冠母雞
生下寶石
一條清澈見底的河
流過樹的倒影和星辰
傳說中的石拱橋
優雅地架在河面
像久久不散的彩虹
這一幕都發生在
──太陽下山的黃昏

在想像中延伸的雲梯
觸到了詞語的核心
核心是敏感的電鈕
像小小的豆
在羞澀裡藏身
藏不住的是山和海
盤桓東西
逶迤南北

照亮是一種偶然
如同一次奇遇

就像降臨於世的我們
沒有理由
卻又註定相識

樹木在月光裡
水流是它們初夜的呻吟
我這樣遐想時
空間默許時間的渴望

天上的月亮只有一輪
照著大陸和島嶼
地上的琴聲無數
彷彿只在我的心裡迴響

必須

我必須回到人民中間
聆聽謾罵和思考暴力
我必須來到廣場上
抵抗專制和揭穿矇騙

我必須扶正錯位的歷史
還原它的真實
我必須找回失落的記憶
讓它重新浮現

我必須面對咆哮的大海
一起為它的殘忍感傷
我必須仰視盤旋的鷹隼
讓牠們的翅膀永遠牽引我的目光

我必須向高山學習
──一把戳破烏雲的利劍
我必須從峽谷的回聲中
分辨出懸棺的呢喃

我必須變成燃燒的火把
永遠照亮一個人

我必須化作一顆流星
滑向黑夜的遠方

我必須在唐詩裡小住一段
溫習古人的教養
我必須質疑文明
是否把地球領往毀滅的方向

我必須想像太陽神岩畫
看它的笑容裡藏下了多少難言之隱
我必須吹奏出土的陶塤
看它還能否發出古時的悲愴

我必須捫心自問
自己是不是他人
我必須常常思考
今生與來世有何不同

巫術

我在兩種巫術裡長大
外面的合法
風靡全國
家裡的違法
偷偷摸摸恐走漏風聲

奶奶是一位巫師
常常關緊門跳大神
滿身大汗
驅除病人身上的魔魂

外面的巫師
雕像頂天立地
占據著無數廣場
鍍金的像章熠熠生輝
壓倒太陽的光芒

一句話威力無窮
一眨眼滄海桑田
一揮手排山倒海
一跺腳地晃天搖

奶奶微不足道
裹著小腳，斗字不識
只有鄰居曉得她那點本事

外面的巫術葬送了數以萬計的人
奶奶的巫術只治好過幾個病人

那是一個巫術盛行的時代

夢死二號

躺在堂屋鋪著乾草的地鋪上
我死了
圍著我哀號的親朋好友
又把我喚醒
但靈魂飄走

一隻褪得乾乾淨淨的公雞
雞冠耷拉著泛紅
它是為死者的我備的一匹馬
要領著我去穿越地獄之門

我看過的天依舊蔚藍
我握過的筆仍在吐水
我走過的路還在地平線上延伸
我失眠過的夜無數人還在失眠
淋濕我的雨註定還要淋濕別人

在醒來的一念間
我仍不忘貪婪
想帶走我熱愛的全部
包括一隻狗和一條河流
幾個女人和一些書

我死了
房產過戶到別人的名下
冷暖從此與我無關
我眺望了一生的山不會變成我的墓碑
乘過涼的樹也不會把我銘記在年輪

一個個熟悉的面孔上淚流成行
我絲毫不為之動容
只是心甘情願地
看著窗外的流雲
帶走我的靈魂

一夜間

馬一夜間脫韁
路一夜間阻斷
雪一夜間化盡
雲一夜間飄散

遊子一夜間夢到故鄉
理想一夜間實現
碼頭一夜間呼喚出沉船
湖泊一夜間耗乾

玫瑰一夜間開敗
處女一夜間失身
駱駝一夜間渴死
英雄一夜間蒙冤

遊魂一夜間找到歸宿
星星一夜間變成雨點
鬼火一夜間抗拒黑暗
荒地一夜間變成良田

讓池塘盛滿一夜間的星光
讓野馬一夜間跑回草原

讓嫦娥一夜間下凡人間
讓鬱金香一夜間開出愛的箴言

一夜間，把麵包送到飢餓者面前
一夜間，讓失意者放棄自殺之念
一夜間，讓風把夢魘吹走
一夜間，把戰場都變成兒童的樂園

夢與青海

在青海，我作了一個長長的夢
夢見一群巨大的禿鷹
鉤狀的尖喙沾滿人血
翅膀上馱著死者的魂靈
它們在半空中盤旋、盤旋
彷彿迷失在飛往天國的路上

夢中的湖水淹沒天空的倒影
卻淹不死漂流湖底的雲朵
和禿鷹的滑翔以及鳥聲的悠揚
寸草不生的遠山似乎還在瘋長
那綿延的荒涼
加劇著我內心的孤獨感

我像一個缺乏虔誠的信徒
在塔爾寺前的菩提樹下
沐浴著被它的葉片剪落的陽光
那遠道而來衣衫襤褸、額頭叩響大地的膜拜者
他們讓我身上的文明赧顏

神龕裡裊裊升天的白煙
如同一句忌諱說出的箴言

綠松石裡藏滿了時間的祕密
胸前佩戴著犛牛骨和藏羚羊角首飾的和尚
他那剛毅的目光
看上去顯得神聖不可侵犯

在草原上飄動的經幡是另一種旗幟
它昭示活著的平凡和死亡的偉大
爬出洞口覓食的香鼬把陽光藏入皮毛
猞猁猻尖銳的目光讓人畏懼
這一切或許都跟高原有關

三江之源的青海離天堂很近
它讓我的夢充滿色彩與神奇
包括它擁抱的雪山
和那雪山立足的荒原

無題一號

1

貓是夢的化身
在時間荒蕪的斷垣上
假寐
風吹落葉
暴露出隱藏在化石裡的
祕密

2

冬日的紅豆杉在發呆
不知是畏懼伐木者
還是眷念
樹下避雨的人
剪刀般的葉片
鋒利地
剪碎陽光
被雪覆蓋的鳥巢
如飄浮著的掩體
迷惑槍口
冰凍的河面默然如鏡
水在冰下湧動

3

化石學習穿透時間的沉默

靈柩腐朽，守護魂靈

鬼火附在亡靈身上明滅

颶風模仿黑洞的吸盤，吸入大地

壓根兒不存在天國

卻有那麼多的人堅信

死後能夠前往

4

綠色的水蛇

靜靜地順流遊動

沒人知道她游往何方

是把漫長冬眠裡的夢

帶往下游嗎？

還是為充饑

追趕著青蛙？

無論如何

她都不可能知道

距離地球七百多光年的水蛇座

5

漲潮的夜晚

我們來到了海邊

幽暗之中
大海深邃得愈加無情
翻捲的浪一次次湧來又散開
彷彿一口吞噬地球
那一刻，世界
只有浪濤的迴響
可是，當我們擁抱一起
我們的心跳便壓住了
大海的喧囂

6

有一天，我的地平線不見了
正在納悶是被誰
偷走時
雲飄下來抗議我
跟它辯解又語言不通
無奈地
只好開始想像
遠方之外的遠方

7

像沐浴著驟雨般的月光
我們坐在公園的長椅上
歸巢的鳥使夜更深

寂靜之中
隱約聽到銀河的流動
頭上的月亮
無聲地轉動
若無其事地
嘲笑著包括我們在內的
人類的愛情

8

夢見了始祖鳥
巨大的翅膀彷彿能遮擋太陽
看不清牠羽毛的顏色
只見牠巨大的指爪
攫取著人骨，然後
飛往杳無人煙的荒野
清晨醒來時突然想
人類生活在世界各地
說不定就是始祖鳥的功勞

9

忘記了是誰告訴我
所有山巒都誕生於水
隆起水的骨骼
山壁定格波浪的形狀

濤聲被藏在石縫和岩層
我的客廳裡一直擺著
一位登山家帶下來的巨大海螺化石
據說珠穆朗瑪峰頂上
隨處皆是

10

麥田像被晚霞點燃
綠浪在橘紅色裡翻捲
一位少男和一位少女走進去
彷彿要在烈火中涅槃
他們雙雙在柔柔的麥苗上
躺下
在夕暉的見證下
體驗了初次的溫暖
少女十一歲，少年是我
那一年九歲

11

記憶的顏色越描越淡
即使淡到辨不清色彩
也能想起爺爺死時的面孔
和他那露出牙床的笑容
還有他入殮那一刻

表情的從容

之後，屬於他的土堆

開始長草

在我的記憶中

那是一座

年年長高的山

12

不知不覺綻開的牽牛花

是小小的盆地

收集陽光

也吸引來蜜蜂

以喇叭的形狀

堅守安靜

讓嗡嗡飛動的蜜蜂

把花蕊間的馨香

釀成蜜

無題二號

1

這個夏天，幾乎在枇杷樹下度過
習慣了蟲鳴
不知不覺中
就把一些好聽的叫聲
模仿得繪聲繪色
於是，我成為蟲子中的一員
加入蟲鳴的合唱
在輪迴裡重生的我
為變成蟲子而自豪
據說
人類最初就是由蟲子演變而來

2

每天出門都必須穿過
門前的小河
這條無名河連接著海
卻不知流往何處
漲潮時，比目魚像迷路的孩子在河面游弋
退潮時，河底的黑泥裡好像有什麼在動
細長的小河如同大海的溫度計

它時刻測量著
偽善的大海在施虐症發作時
掀起的海嘯

3

一隻蚊子打著遊擊戰
奪走我的睡眠
熄燈，它是盤旋在耳畔的轟炸機
開燈，它變成隱形戰機不見蹤影
在幾乎沒有體重的蚊子前
七十公斤的我不堪一擊
蚊子真了不起！

4

如果想接近上帝，得準備更多的盤纏
如果想返回古代，得讓時間倒流
如果想穿越沙漠，得知道綠洲的位置
如果想暢遊銀河，得發出星星的光芒
如果想抵達遙遠的未來，得體驗更多的死亡
如果不發生戰爭，人得向植物學習
如果想駐足此刻，得讓時間停留

5

夢見小時候養過的一條大黃狗

牠是公認的帥哥，站起來比那時的我高

長毛大眼、跑得快、聲音洪亮

記得有一次，在剛剛收割過的麥地裡

牠把追捕到的一隻野兔子

銜到我跟前

讓我們那天的晚飯有了油水

從未見過牠對月狂吠

性格絕非溫順型

感情也不專一

每年春天，一群陌生的母狗圍著牠轉

然後牠就跟其中的幾隻

屁股對屁股，不畏光天化日

那種持久是我長大後的好幾倍

有時，鄰居家小孩的大便

也被牠吃得津津有味

有一天，跟我形影不離的牠

突然失蹤

數日後，得到口信的大哥幾經周折

從鄰村索回了牠被獵殺後剝下的一張狗皮

那是牠最後的姿影

這張狗皮至今仍被母親

視為家寶珍藏著

6

那片湖水無法忘記

夾在兩座低矮的山丘之間
我想把湖畔窸窣搖曳的草
想像成一枝筆
蘸著湖水，在大地和峭壁上
寫滿愛

7

真正的寂靜被葬在了古墓之中
這樣想時，就想在墓裡住上一段
當然不是想謁見陌生的死者
也並非想呼吸千年前的空氣
而是想輕輕觸摸隨葬品
發出讚歎
如果能與亡靈交談
也想聽聽千年前的古語發音

8

想按逆時針
環繞地球走一圈
與其說去看異國風景
莫如說想把散落在世界各地的彈片
收集撿回
做成孩子們的玩具
然後，用自己的雙腳

慰問傷痕累累的大地
哪怕踩著了地雷

9

從潛入想像之海的那天
我開始學習魚兒們的語言
之後，得到龍王的許可
游入沉船中參觀
時間生鏽，靈魂腐爛
死氣沉沉之中
沉入海底的月亮
如寺院裡跳動的燈
散發佛光

10

兩排白楊南邊的一公里處
有一座廢廟
很多年前就謠傳
幽靈常常出沒其中
小時候因害怕不敢走近
高二時跟室友去過幾次
除了牆角的蜘蛛網和奇怪的蟲子外
什麼也不曾發現
幽靈跟上帝一樣

都因人的存在而存在

11

黃昏不來，街燈不會點亮
沒有鳥，天空會寂寞難耐
洪水不來，地平線不會消失
沒有戰爭，人類仍會自相殘殺
正因為有冰川
我們才能啜飲億萬年前的水
時間支配著一切
只有天才
不會被它破壞和征服

12

喜歡蟋蟀的叫聲
也喜歡把逮住的蟋蟀燒著吃
卻討厭人為操作的蟋蟀格鬥與廝殺
褐色的蟋蟀如同大地的精靈
不絕於耳，代代相傳
至今對於我
仍是最偉大的歌手

無題四號

1

月亮升起來了
像我童年淹死的夥伴
復活，然後
提著燈籠打轉
微弱的光使我已經模糊的記憶
更加模糊
沐浴著不熱不冷的月光
我在想：這輪萬古不滅的月亮
百年後與百年前應該一模一樣
一如既往地去發現和照亮
孤獨者的臉龐

2

逗留首爾時
夢到自己潛入了漢江
魚兒們穿著雲的衣裳
游動
我跟著魚群，穿過水草的森林
之後鑽入
兩岸高樓大廈的倒影

韓國的泡菜味和烤肉的香
交織一起，誘人食欲
我繼續暢遊
潛入江底時
發現無數的白骨緊抱著啞彈
這讓我突然想起
地球上更多的河流和海峽
如同漢江，像一個巨大的傷口
不知能何時癒合

3

陌生的亡靈開著車
在隧道裡發生了事故
沒戴警帽的交警趕過來處理
亡靈說駕駛證忘在了人世間
車檢過期是因為車是陪葬品
在被問到身分證時
亡靈聳了聳肩
交警無奈地開出罰款單
亡靈拿出的厚厚一大沓冥幣
又無法兌換
交警氣憤地
從腰帶上取下手銬
正要銬上他的雙手時

亡靈化作了一股煙

消散

4

村頭被廢棄的水井

至今仍在湧水

清澈見底保持著水位

浣洗雲朵，映照星空

有時還迎來在井壁上築巢的鳥兒

越來越懷念打水的聲音

乾旱的季節，忍受著乾涸

為滋潤過村人而感驕傲

廢棄的水井並非無用

它在收集著村人的跫音

即使聽不到了那些腳步聲

廢井也會在大地的深處

找到它們

5

蘋果皮在陽台上削著削著

秋天就深了

遠處的海如同落下的秋空

寧靜

站在電線上的烏鴉在打盹兒

黑翅膀吸收著秋天的陽光
路旁，被焚燒的落葉冒著白煙
像一群精悍的馬群
騰空而起
升騰、升騰
壯大秋天的
雲

6

不善唱歌的我卻喜歡你唱歌
不喜歡 KTV 的我卻喜歡跟你一起去
那一晚，我隨你走進卡拉 OK
調暗燈
放大音樂
迫不及待握住的
不是麥克風
而是你的圓潤的乳房
它們在我的手掌中興奮地
旋轉、旋轉
三個小時如同一瞬
最終，我們沒唱一首歌
但舌頭和手指
比唱歌還要瘋狂
那一晚，你

一直像含露的花朵
綻放

7

某日午後
路頭，一位白髮老人
在凝視一棵老樹很久後
自言自語：
你的年齡比我大吧
佝僂的樹幹是被烏雲壓彎的？
還是由於強風？
看上去蒼老的你
肯定比我活得長
喂！請回答
彎曲生長的老樹一動不動
只是一味地
曬著午後的陽光

8

孩兒菊凋謝的傍晚
空中升起了彩虹
彩虹消失的翌日
出現了蜃景
彷彿被它誘惑

你去遠行
從此之後
你便與天空的幻影一起
消失得無影無蹤

9

沒什麼能比太陽
更懂得陽光下的罪惡
沒什麼能比歷史
更懂得難言的苦衷
沒什麼能比愛情
更麻木於背叛
沒什麼能比隕石
更有穿越宇宙的堅定
駱駝跋涉茫茫沙漠
並非為了綠洲
刺蝟長刺也不僅僅
是為了防身
時間是最深的陷阱
屎殼郎是地球的塑造者

10

看到無名山遠景的瞬間
我衝出家登上了城牆

站在斷垣殘壁上
眺望挺拔的一排大樹
那一團黑的鳥巢
是鳥兒們的傑作
這種空中樓閣
上不挨天下不著地
彷彿在領會了天空的啟示
接受了銀河的洗禮之後
搖身變成了
一種隱喻和紀律
隨著樹枝搖動
與天地保持著
微妙的距離

11

高聳入雲的鐵塔
已傾斜千年
仍看不到頹圮的跡象
屹立在大河的南岸
千年來一語不發
目送一代代人的死亡
不會悲傷
被一次次的洪水淹沒
不會悲傷

即使有一天輪到了自己

面對倒塌

不會畏懼

也不會悲傷

12

中午，雨停了

鷺鶯優雅地站在池畔

牠身後的一片草地裡

冒出了一朵白花

特別顯眼

我想去採擷

並趁機看清鷺鶯的羽翎

等我躡手躡腳地走進池沼時

鷺鶯驚飛而去

我好失落，此刻

臉頰被一陣微風吹拂

那朵白花看上去像白蝴蝶

開始飛翔

無題五號

1

從記事起，村子中央就有一個
白色的大磨盤
盤面平滑像坐久了的板凳
小時候，磨盤
是我們的舞台
夏夜，躺在上面數星星
感受太陽的餘溫
臘月，磨盤
成為豬羊的斷頭台
長大後，村子中央蓋了房
磨盤不知去向

2

跳過小水溝，迎接我的是蜻蜓
平日無人光顧
小蟹無防備地出動
爬向石頭的另一側曬太陽
無數螞蟻匆忙地列隊成行
原始的雜木林枯枝散亂
落葉鋪成地毯

青苔宛如油畫，長滿小水溝周圍

……

假如無人闖入

雜木林會與蟲子、蜻蜓、小蟹相處得更好

3

外婆的草屋冬暖夏涼

土質地面平坦得發亮

老鼠在大梁上竄跑

會被狸貓逮住

外婆住東屋，窗口很小

煤油燈散發黯淡的光

榆木床寬敞，是我童年的天堂

隔三差五尿床

從未被外婆責備過

好夢連連，沒一次如願

那時總愛說

將來我要給你買很多好吃的

沒等我長大外婆就死了

4

上小學，跟同學瘋玩

一位男生不小心掉進了塌陷的墓穴

很快被救出

那天晚上他發高燒，說胡話
請來巫師跳大神
無論怎麼禱告和施咒
都沒有退燒
翌日正午
那位男生斷了氣

5

走向燃燒的夕陽
彷彿要把自己送往火葬場
沒趕上時間
夕陽下班，且不加班
期待著僥倖向西、向西
自己的影子越來越長，變得模糊
加快步伐向西、向西
我和我的影子
被黑暗吞噬

6

那一夜，風吹落了星星
狗沒完沒了狂吠
彷彿向遠方傳遞著死亡
夜越來越深
兀立的梧桐戳破夜幕

偵察死去的星星
亡靈聚集在枝丫上
在天亮之前，下凡
找尋替身

7

在村人必經的路口
年輕的寡婦把稻草人綁在棗樹上
在它的胳膊、臉和胸口扎滿釘子
每天早晨，端來滾燙的水
詛咒著往稻草人身上澆
稻草人不抵抗
只偶爾隨樹搖晃一下
當我走近
被它狠狠瞪了一眼

8

乾涸的河床上架著千年的石拱橋
蒙古的兵馬曾通過它
攻破祖先的城堡
南橋頭坐落一尊石獅子
嘴裡鑄著一把銅劍
欄杆上碑文曰：
欲拔此劍，須獻活人頭三百

某日，一位南蠻和尚來到橋頭
默讀碑文
二話不說
跪在石獅子前磕了三百個響頭
然後，拔出石獅嘴中的銅劍
消失在人群中

9

曾爬上高高的臭椿樹
掏過烏鴉的雛鳥
正準備從樹上下來
歸巢的老鴉
瘋狂地發出呱呱呱的叫聲
為了救自己的孩子
用遮住太陽的翅膀
從高空急劇而下襲擊我
全身漆黑的烏鴉
並沒有人類的黑心腸

10

想變成草原
跟馬群一起向著天空馳騁
想變成大海
體驗暗礁的孤獨

想變成鷹隼

測量去往天堂的路程

想擁有神的力量

把所有槍枝都變成禾苗

11

想在無人島上生活

一個人迎來晨曦一個人送走晚霞

一個人懷念遠方

一個人享受孤單

一個人種菜一個人吃飯

一個人睡覺一個人作夢

一個人發呆一個人說笑

然後，不給任何人添麻煩

一個人死去

12

狐狸逃往西北

無影無蹤

這一幕發生在一瞬

讓我在漫長的冬季感受到了浪漫

雪原上留下的腳印

是我一個人的雪祭

佇望西北
淚水模糊

化石

手握一塊昆蟲化石
我不是想暖活它
是在感受
它的滅絕和長久的壓迫

或者說在感知
它的進化和沉默
很想知道
跟我一樣活在地球上的昆蟲中
哪些是它的子孫

冬日遐想

枯枝是世界的關節
在寒流中凍得咯吱作響
生鏽的山變得越來越遠

天空醞釀著大雪
它想塗白褪色的一切
包括紅河和黑海

飢餓的鷹在空中盤旋
牠發出的叫聲卻不是唯一的
因為夢中還有轟鳴的雷聲
和劃破夜幕的流星

房檐下的冰柱越發尖利
彷彿蓄意著謀殺
半空中的梧桐枝上
那空蕩蕩的鳥巢像要散架

冰封的湖面現出流雲的原形
它同時又是一面鏡子
與太陽對照
凝固的流速裡

魚兒們眨動著眼睛

廢棄的老井冒出熱氣
井口旁的老柳樹上
拴著鏽鐘的鐵鍊已長進樹中
它啞默經年的鐘聲
被收藏進年輪

寒風的利爪想撕破一切
它徒勞的爪痕在窗玻璃上
留下一幅抽象畫
那是離我最近的風景

乞丐

露宿城市的街頭
邋邋遢遢的夢
壓死一塊文明的草坪

車鳴犬吠

賊一樣的風
溜進院子
驚動樹和拴在樹上的狗
樹梢搖動
搖落幾顆星星
狗狂吠
用它鋒利的犬牙
咬破夜空

遠方
轟鳴著南去的高鐵
像一支響箭
消失在黑暗中
已知的距離
試探未知的等待
速度
炫耀暴力的美學

車鳴犬吠之後
我睡意來襲
夢中
變成繞著鐵樹飛的蝙蝠

以驚人之速
比高鐵提前
抵達終點

鄉愁

鳥鳴越來越不像鳥鳴了
鳥站在枝頭上的影子
落在地上
重重地

大地長滿了思念的苔蘚

一匹漂亮的母鹿掙脫著籬笆
牠在寸草不生的都市
呼喚著草原

一半的香港

一半靠山，車在盤山道上跑
一半環海，船在海面上漂

一半的高樓爭奪藍天
一半的陋居背陰裡懊惱

一半的乘客公車上打盹
一半的粵語地鐵上口若懸河

一半的豪華一半的廉價
一半的微笑一半的焦躁

一半的富人油頭肥耳住著別墅
一半的窮人衣衫襤褸睡在蝸居

一半的寺廟，繚繞的香火嗆人
一半的教堂，悠揚的鐘聲洗心

一半獨裁一半民主
一半故國一半異鄉

一半的嚮往裡充滿絕望

一半的絕望裡充滿嚮往

一半的印度人忘卻菩薩
一半的菲傭撇下兒女扮演母親

一半的人土生土長
一半的人遷徙流亡

一半的母語有苦澀的鄉愁
一半的方言裡夾雜著洋腔

一半的歷史洋裝在身
一半的未來難以確認

一半招牌上的繁體字漂泊
一半門牌上的英文扎根

驟雨過後

雷聲趕走的鴉群
又返回窗外的樹枝上
被暴雨洗禮的葉子
搖曳在它們的聒噪裡

驟雨過後
大地盎然
被雷攔腰劈斷的大樹
像勃起的陽具
猥褻藍天

屎殼郎急匆匆地
倒滾著牛糞球
爬出洞的螞蟻列隊
搬運蟲子的屍體

室內，虎尾蘭的斑紋
越來越明顯
窗外，行人的腳步
是另一種雨點

水窪如破碎的鏡子

倒映樹木的殘影
一條大黃狗跑到樹下
揚起後腿
無所顧忌

邊界

花開了
人在遠方
月圓了
鄉愁遊蕩

樹是一把把傘
遮擋著雲雨和星光
路是一條條河
水手和船
從家家戶戶的碼頭啟航

世界是一張平面地圖
亞非之間咫尺之遙
生命是一條地平線
起點在人間
終點在天堂

天空的飛鳥
大海的游魚
都是自由的使者
只有人類畫地為牢
爭奪邊界

四季是一台電焊機
春天焊接公狗與母狗
夏天焊接人與大海
秋天把果實焊接在枝頭
冬天把瀑布焊接在半山腰

語言的盡頭無邊界
邊界之外有語言
無論聽懂與否
都不會輕易改變自己的語調

詩歌版圖
——給阿多尼斯

正面看
你的詩歌版圖是方形
側面看
又是橢圓

版圖上流淌著兩條河
一條穿越沙漠流入波斯灣
另一條是界河
將巴黎分成兩半

語言是你的領土
詩歌是你的家園
想像是你的翅膀
哲學是你的沉默

你以流沙的激情眷戀大漠
你以駱駝的堅韌尋找綠洲
你是受難的風
受難的水、受難的笑容、受難的雷聲

你脖子上的紅圍巾

是一條紅色河流

環繞地球流動

這是你生命的長度

是一句阿拉伯語的問候

河的兩岸長著形狀各異的樹木

不同的粗細、不同的葉子、不同的花蕾

河面上漂著大小不一的船隻

載著難民、載著屍首、載著軍火、載著石油

流亡是一條虛線

連接著故鄉與異鄉

孤獨是長滿刺的玫瑰

獨自綻放，獨自枯萎

鄉愁是一口無底的深井

等待正午的太陽照進

文明是一面旗幟

被風吹拂得越來越髒

遠方

你住過的城鎮變成廢墟

死者無數，生者無處棲身

獨裁者安然無恙

你乘過涼的樹被炸成木樁

緊拴著絕望

故鄉的黑夜被導彈照亮

受傷的教堂纏滿繃帶
祈禱聲被炮火一次次掩埋

在地球的東方
我在和平的燈光下
默讀你的詩章
喝著咖啡想像你這位漂泊的異邦人
多麼想說：
詩人走過的地方都是故鄉

抬頭看一眼客廳懸掛的
——你送我的一幅畫
一對兒紅人越過頹圮的高牆
自由地——
衝破命運的詛咒、死亡的柵欄……
自由地——
向著良知與正義、向著沒有方向的方向……

吃花的少女
——給張燁

在你的敘述裡
山麓下的一片草地
開始泛綠
翩翩的蝴蝶
飛自民國

船載來遠方的父親
帶給碼頭驚喜
飛翔的鷗群
為死寂的荒島帶去生氣

在海邊長大
卻辨不出大海的暴戾
常常眺望星空
也弄不懂流星為誰殉情

濤聲曾是你的搖籃曲
和愛的呼喚。而現在
它是一種陪伴和節奏
流淌在你的血脈

即使海面持續上升
也不懼怕地平線的下沉
鮮紅的落日
是大地為你長熟的蘋果

一片草地上
穿著花裙的你
嘴裡含著一朵白花
那是你被海水葬送的愛情

一陣微風
吹彎你的眼神
突然
你轉過身
從口袋掏出手帕

作品二號

一個詞浮出水面
雪也未曾飄落
鴛鴦——一對優雅的名詞
遊動在河中央
光禿的柳絲
像晾乾的粉條垂下
任寒風擺布

兩扇窗徹夜交談
彷彿長明燈
尋找死者的臉
話題圍繞
流星的行蹤和天空的重量
包括拂曉
太陽噴薄而出的
狂妄和血腥

鐘聲響自西郊山中
樹林掩埋的寺院
千年石階跫音悠揚
尼姑與和尚
模仿菩薩

微閉著雙眼
向西飛去的人字形雁陣
中途改變方向

山麓小道的峭壁上
有人用四川話念出李白的詩句
古老詩意穿越
褪盡色彩的斑駁壁面
詩裡的嘉陵江
──一聲不知所終的長歎
仍以盛唐的流速
在峽谷迴響

始祖鳥

想像的盡頭
一隻再也飛不起來的鳥
是你

天堂到地獄
在被掩埋的那一刻
藏在心底
對於你
天空不過是
翅膀拍打的疆域

億萬年的沉默
是為了推敲黑暗的本質
重見天日
保持遠古的翔姿

絕滅的命運，窒息的壓迫
錘鍊著意志力
蠻荒的過去
凝固於骨骼和羽毛
失傳的鳴叫
帶來啟示

始祖鳥在陽光下
它喚醒，它遺忘
它記憶

鹿

在一面白牆的正中央
昂首

把活著的美帶到死後
滴溜轉的大眼
不為調和的燈光
所動

樹杈形的茸角裡
血早已流乾
形同虛設的威風
仍代表雄性

白牆如一把巨斧
砍掉脖子以下的肉身
豎起的耳朵裡
依然灌滿著風

美抹平血腥的記憶
視網膜上的流雲飄走
鼻孔裡的氣息凝固一起
緊閉的嘴恪守沉默

面壁而立，我多想
施展一種魔法
把白牆變成草地
再畫下一條河流
讓鹿循著逆流返回林中

小說家

——給閻連科

1

故鄉是一根拴魂的繩

遊子走多遠

它都會無形地

牽著你

2

低矮草房襯托

逼仄的院落

老榆樹上的榆錢

充填飢餓

3

門前泥濘的小路

記載著你的成長

遠方的城鎮

是唯一的嚮往

4

村頭的田湖乾涸了

方呈現出意義
鳥巢裡的蛋被掏光了
樹才感到孤寂

5

山是一種阻擋
你拽著一噸的板車
刻下的轍印
是大地的傷痕

6

在蟲鳴的合唱裡
由遠而近的悶雷帶有寓言性
在蝙蝠的飛翔裡
黑夜是另一類舞台

7

枯萎的野艾蒿窸窣作響
哀求著被填進爐灶
燒過荒的田

像一塊貼在家鄉的膏藥

8

你是一艘船
擺渡在現實與虛構之間
你是一塊炭
燃盡自己，卻驅不走嚴寒

9

吃你嚼碎食物的小白狗死了
把牠埋在散步的花園樹下
讓小狗的魂記住
回家的路

10

小說家是一棵大樹
結構的枝幹裡住著啄木鳥
語言的葉子剪碎陽光、月光和星光
情節的果實被冰雹擊中，荒誕隕落

11

一摞摞稿紙是一塊塊耕田
阡陌縱橫與宇宙相連

母語是絕對的
超越它，取決於
文學那雙現實與魔幻的翅膀

12

晨曦的號角喚醒麻木的理想
你想讓槍托變成木樁
拴住和平
你想讓軍旗變成紗布
包紮失血的殘陽

13

面對陽光下的罪惡
良知僅僅是一聲感歎
面對大地上的墓塚
誰的生命能夠復生？

14

我們都是活著的死者
時間的天平稱量的
不是肉體
而是文字的重量

作品四號

太陽像快要燃盡的燈籠

懸在頭頂

站在門前

房檐切斷我的身影

披著一身羽毛的鳥

在樹枝上縮成一團

不發出叫聲

池子裡的一層薄冰下

幾條小小的紅金魚

歡快地游動

梅花鹿

一隻跑出森林的梅花鹿
來到語言的草地
在流往未來的溪流旁
駐足、張望

身上的斑點
是永不融化的雪片
把枝葉下的陽光藏入皮毛
儼然精靈
花骨朵兒的身段格外耀眼

滿載聽覺的馬車
不知造於哪個年代
奔跑在達官死絕的路上
一路顛簸
穿越墓陵和村莊

塵土飛揚像一團迷霧
模糊我的視線
馬蹄聲如雨
響徹成擊打大地的
鼓點

彷彿林中飄出的雲朵
梅花鹿超越詞語的界限
滿身綻放的梅花
渴望返回冬天

草地上的梅花鹿
警覺地轉動雙目
轉動我和我身後的山巒
她啜飲的溪流
加速流動
流過天空的倒影

在我與森林之間
颳來一縷懿馨的柔風
吹彎梅花鹿的睫毛和目光
一個眼神帶著她的體溫
如一道閃電
為我孤單的心送來溫暖

上海

1

碼頭提防著水位
與大海一堤之隔
在聽慣的濤聲裡
高枕無憂

2

渾濁的江水
帶來峽谷的問候
在入海口的一剎那
變清

3

擁擠的空中樓閣
時隱時現
街道上人流湧動
迷失方向

4

租界是一塊歷史疤痕

痛疼成為時尚
洪幫青幫是母語的胎記
已被遺忘

5

樓群聳立
無視地面的下沉
鳥兒們為築巢
傷透了腦筋

6

吳音裡的上海話
是古老的獨角獸
比獨角戲滑稽
把普通話排斥在外

7

駛出船塢的船
去迎接海鷗
海風吹破的帆
呼喚遇難的水手

8

沒人知道

張愛玲的內衣是否寄生過蝨子
跟宋美齡風流過的人
早已離世

9

海拔四米高的陸地上
長開不敗的白玉蘭
爭豔在沙船和螺旋槳之間
它的馨香力壓群芳

10

外灘讓眼淚變成寶石
城隍廟的窗櫺映現從前
田子街的手鐲在爵士樂裡泛光
真假難辨

11

東方裡的西方
西方裡的東方
西裝與旗袍
跟現實和理想最相配

12

在陸地的東端

與大海廝守
遠距離目送夕陽
近距離迎來日出

中國貓

一隻中國貓翻牆
跳進美國的院子
拴在牆角的比特犬
發出藏獒的狂吠
來路不明的幾隻鳥
在皂角樹上
交換眼神

長方形的游泳池
想挽留飄逝的雲朵
隨風轉動的風向標
絕不是為了順從

整潔的異國院落
一排向日葵在陽光下打盹
牆縫裡的幾根野草
為蝸牛遮陰

蝴蝶飛過的草坪上
中國貓謹慎地邁著方步
那些在流覽器上失蹤的詞語
還原著牠的腳印

大門口的牆頭上
中國貓蹲著
一動不動
遠方的樹林
和近處的墓地
在牠的視網膜上翻滾

漸漸地，中國貓
微閉上環顧四周的眼
假寐

雪地上的陽光

1

大地變成鏡子
反射太陽的光芒
光禿禿的樹木
表演著行為藝術
──裝死

2

遠方聳立的群山
眷戀雲朵
半山腰的寺院裡
顫悠悠回蕩的鐘聲
在寒風中哆嗦

3

河流沉默
緬懷上游和下游
冰下的魚群
像織布的梭子
在冰層過濾的陽光下
游弋

4

蹀躞的犛牛遠去
在雪地上走成一行小黑點
消失在森林的黑影中
躡手躡腳的寒流
跌倒在深深的蹄印

5

山巔上綻開的雪蓮
呼喚春天
呱呱呱的烏鴉
抗議隆冬
樹洞裡的松鼠
作著白日夢

6

爐火燃燒的室內
泛黃的白熾燈略顯疲憊
羊皮坐墊上的 iPad
正播放如火的南非

7

窗帘上的流蘇輕舞
復原紗燈的妖嬈

窗台上的人力車玩具
落滿灰塵
一匹揚起前蹄的陶瓷馬
身上的裂紋越來越深

8

一陣寒風
吹彎窗玻璃裡的樹
弧形的世界裡
縮成一團的麻雀壓彎電線
停靠路邊的汽車
如同一隻甲殼蟲標本
十分抗凍

9

冰封的河面上
少年與雲朵比賽滑翔
從此岸滑到彼岸
盤旋在空中的鷹隼
發出飢餓的叫聲

10

雪原空曠而迷離
刺眼的陽光像一把匕首

深扎進雪地
毫無疼痛和血腥

11

在時間的輪迴裡
生命如同灰燼
在季節的變換裡
一切景色都是一瞬

12

雪地上的陽光
是太陽播下的種子
扎根凍土
為蟄伏地下的死者和活物
帶去暖意

口罩自述

最近我太開心了。

作夢都沒想到我出現在每個人的臉上。

至今我輕微的存在感還不如一張餐巾紙，不足掛齒。

戴上我的人極其有限，大多數人無視我，他們一生與我無緣。

有時壞傢伙會喜歡我⋯⋯比如強盜。

我並非情願，而是被這些傢伙強迫利用。

我來到這個世界的歷史已很漫長。

很久很久被關在黑暗的倉庫和箱子裡，我從未有過一句怨言。

我相信這就是自己的命運。

本來我是白色的四方形。

託新冠病毒的福，我有了各種形狀和顏色。

橢圓形、船形、菱形、還有繡上花朵、蝴蝶和飛鳥的⋯⋯

黑色、藍色、瑪瑙色、綠色、灰色、黃色⋯⋯

如此種類繁多，五彩紛呈真是做夢都沒想到。

我們蔓延在整個地球，是該高興還是悲傷，真的很困惑。

我沒有殺死病毒的能力。

也無意掩飾人們的表情。

更不想堵住人們的嘴。

因為我也熱愛自由。

被人們戴在臉上，我只能認命——算是時代賦予我的使命吧。

我知道，我會很快被人們丟棄。

即使在短時間內，能阻止病毒，也使我感到滿足。

夢的標點

1

連綿的山
隔開夢和大海
丘陵上的家像哨所
守護著潮起潮落

2

門前的小路
傳來海神的跫音
屋後的大樹
沐浴著風投下綠蔭

3

海灘
收藏數不盡的腳印
夕陽
拉長靠岸的帆影

4

寬敞的庭院

花草長成植物園
飛飛停停的蝴蝶與蜜蜂
是主人也是園丁

5

手工做的花邊窗帘
把黑夜擋在外面
室內的古希臘神像
炯炯有神

6

老人諳熟鳥語
一個口哨
鳥從窗口飛進屋
棲息在他的肩膀

7

牆上的畫框裡
每天面對的玫瑰從不枯萎
如同陽台上斷臂的陶俑
童年殘缺不全

8

一本古書裡
聖人們竊竊私語
估衣鋪出售的褲子
記載著死者的資訊

9

後山上的蒲公英
綻放在船夫的體內
遠航的船
切開大海的脊背

10

白髮是語言的雪片
睡眠是夢的標點
菩薩不分雄雌
愛與性都沒有界限

11

苦難在春天裡
四處遊蕩的幽靈無名無姓
記憶是未來
濃縮在墓誌銘

12

生命是一條長短不一的地平線
終點有沙漠也有草原
活著是死亡的一部分
在輪迴中涅槃
是苦是樂
都不過一瞬

狗與我

狗小的時候，我也很小。

狗長大了，我還沒上小學。

我家的黃狗長得又帥又討人愛。

狗常常變成馬，讓我騎在牠身上在院子裡來回轉悠。

左鄰右舍的幾隻狗中，我家的狗是一隻公狗，最引人注目。鬆軟的長毛披身，大眼睛，寬嘴巴，粗尾巴，叫聲洪亮好聽。

狗跟我形影不離，一起跑一起鬧一起搶玩具。

狗立起兩隻後腿高我半頭。

對家人和近鄰友善地搖晃尾巴，對陌生人垂下尾巴不停狂吠。

總是把鄰居家的小孩拉出冒著熱氣的屎吃得乾乾淨淨。

春天，黃狗很受歡迎，母狗們紛紛靠近。

看過好幾次，黃狗溫順地與別的狗屁股焊接在一起。

初夏，黃狗在剛割完的麥田裡追趕過很多次野兔，有一次還逮住了一隻，叼到我跟前。

那一天讓我美美地飽餐了一頓。

狗跳起來一口吃掉飛在我周圍的蒼蠅真的是帥呆了。

過年時，吧嗒著嘴盯著我啃骨頭流哈喇子的狗太可愛了。

有一天夜晚，隱隱約約聽到一聲槍響。

翌日早晨，端著狗糧來到狗窩前，狗卻不見了。

怎麼找怎麼尋，千呼萬喚狗都沒有回來。

連續幾天，夢見狗跟我鬧著玩。

一個多月後的集市上，突然又見到了黃狗，是一張它半乾的皮。

問了一下賣家，說是在鄰村收買來的。

沒討價還價，買下了這張狗皮。

這張狗皮至今還掛在我家堂屋的東牆上。

看上去像活的一樣。

黃昏

海風吹彎天空
濤聲穿梭樓群
潮汐的味道
彌漫黃昏

拋錨的木船裡
閃爍的燈
如同遙遠的星
明滅在碼頭

樹木
隨風舞動
像打掃天空的掃帚
不，那是
大地的手指
為鳥巢彈奏搖籃曲

山岬上的一片墓地
背對大海，還原記憶
海浪、蟲鳴、鳥叫
是它們的安魂曲

此岸與彼岸

被大海隔開

它連接著今生與來世

是死亡抵達人間的距離

橋與寶劍

我家住在一條枯河的上游。

這條河幾輩子前就沒流過水，也沒人知道河床從何時種上了糧食。

在位於下游東三公里處的地方，有一座用橋的名字命名的小鎮——小商橋。小鎮唯一的一條主街道上，各種各樣的雜貨鋪、餐館、理髮店、診所、客棧緊湊地一家挨著一家，街道上人來人往，熱鬧非凡。這個小鎮也是周圍數公里以內的村民購物不可或缺的地方。

河名曰小商河，始於隋朝，至今已有一千五百年的歷史。

有一種說法，小商河是老鱉精用頭拱出來的一條河。

小商橋就是從那時建造的。已經被多名權威的建築史學家考證，略早於盧溝橋。在宋朝和清朝做過稍微的修繕，現在依然雄姿英發地架在河道上。

橋是兩個縣的分界線。北邊臨潁，南邊郾城。

橋全長二十餘米，橋墩和橋身都是用巨大的青石塊巧妙組合而成。兩座石獅子分別端坐在南北兩頭，鎮守著這座橋。據說南端東側的獅子嘴裡曾插有一把寶劍，紅銅劍柄被摸得光滑發亮，石獅子旁邊還立有一塊小石碑，碑文裡鐫刻著「欲拔寶劍，需活人頭三百」這兩行小字。

小商橋是九百年前「郾城之戰」的古戰場，南下的金軍曾在此大敗宋朝岳家軍，也是戰死數千名將士的葬身之地，岳飛的大將楊再興就陣亡於此。小商橋岸邊今天還保留著那時為他修建的祠堂。巨大的墳墓如同山丘，掩映在四季常青的松柏之間。毫無疑問，這裡是讓小商橋鎮人引以為豪的一塊聖地。

　　小時候，常聽老爺爺們講，一千多年來，沒有人能拔出那把寶劍。

　　有一天，一位身披袈裟年長的南蠻子和尚來到橋邊，他在碑前佇立片刻默讀完碑文後，二話不說，跪在地上連續磕了三百個響頭。

　　然後輕鬆地拔出寶劍，消失在人群中。

　　那位和尚據說是千里之外南方森林深處一座寺院的道士。

　　我上小學時，曾徒步去橋頭確認過一次，那個石獅子的嘴裡確實留有寶劍能插進去的小洞口。洞口呈扁狀，大小也就能伸進去小孩子的兩根手指頭。

　　最近，小商橋被國家指定為重要文化保護單位。

　　碑文早已風化，字也已無法辨認。

　　但這個傳說，至今仍在小商橋周邊的村民之間流傳。

古董自嘲

1

我們都長著一副古老的面孔
包括蒙混其中的贋品

2

黑市
並非歸宿
是盜墓者
偷偷把我們
帶出了地獄
重見天日

3

光明並不陌生
黑暗漫長
陪伴死者
我們只是作了
一個長長的夢

4

地上的世界你死我活
地下的世界風平浪靜

墓被掘開
侮辱的是魂靈
得救的是我們

5

死者不見了
我們留下來
最初是死者主宰我們
後來我們變成死者的主人

6

陪葬是一種宿命
讓我們躲過風化和遺忘
以及毀滅的命運
把古人的夢
延續至今

7

不朽的願望
取決於存在的長短
文字、圖案、造型、色彩
依然如初

是因為我們隔絕了活著的人
我們廝守和效忠的
是我們自己

8

肉體是呼出的一口氣
瞬時消失
亡靈是一滴水
被有裂釁的時間容器
漏得一乾二淨

9

輕一點包裝和販運吧
就像世間不存在沒有內傷的人
傷痕是生命的胎記
完好無損的我們
並不代表歷史沒有破損

10

陪襯是一種活法
也是彼此的見證
古老的面孔真假難辨
我們都是受難者
包括混跡於我們之中的贗品

四等小站

綠皮火車緩緩進站
月台上人來人往
上下車的乘客手忙腳亂
大大小小的包裹裝滿希望或絕望
進進出出，非常搶眼
大白天的，月台上亮著燈
等於白亮
四周的玉米都一人多高了
還沒揚花吐鬚
喧囂淹沒了蟲鳴
向南方延伸的鐵軌
連著漫長的隧道
離去和返回
都必經那段黑暗

只有

只有一戶人家
住在山上
一群鳥，飛向南方

只有一片霧
不肯散去
幾朵野花，綻開路旁

一條小溪
繞著山流淌
那夜的風
吹滅星光

記憶的雪
覆蓋童年
永遠泛紅的
是你楓葉狀的胎記

那一天我握住了你的手
江面平緩，日月當空

捉迷藏

夢中跟你捉迷藏

我躲在暗處

暮色之下

樹木像死了一樣

紋絲不動

我屏住呼吸

看見一團黑影

帶著你的體香

忽遠忽近

向我靠攏

心嗵嗵直跳，一陣竊喜

因為就要被你逮住

影子與我

影子：哼，就一直跟著你！有本事把我甩掉呀。

我：甩掉你幹嘛，你是另一個我。

影子：算了吧。我有形無體，又不食人間煙火。

我：怎麼會呢。我喝水你也喝水，我吃飯你也吃飯。

影子：才不是呢，我只是做做樣子。

我：感覺你的飢渴跟我同步。

影子：那是你的主觀臆想。

我：很多次跟你搭訕，你都不理我。

影子：No，是因為我們語言不通。

我：啊？你說的是什麼語？

影子：影語。

我：有人懂嗎？

影子：當然。

我：是什麼樣的人？

影子：死人。

我：這麼說，只要活著就聽不懂你的語言？

影子：Yes。

我：太好奇死人的語言了。

影子：想學嗎？

我：想學但不強烈，學費貴嗎？

影子：報名了才能知道。價格公平合理，一視同仁。

我：報名地點是？

影子：人間、地獄、天堂和別的星體。

我：影語是什麼語系？

影子：無語系之分。

我：文字是什麼形狀和結構？

影子：影子文字的形狀和結構。

我：肯定難學。

影子：其實不學自通，每個人最終都會懂的。

我：實話說，我是你的母體。

影子：別自以為是、自作多情了。

我：那你到底跟我是什麼關係？

影子：你說呢？

我：母與子、主與次……

影子：錯！光才是我的母體。

我：哪種光？

影子：陽光、月光、星光、燈光、火光、閃電……

我：難道你是光的幽靈？

影子：No，光只是賦予了我絕技。

我：沒有光，你就不會與我形影不離了。

影子：真好意思說！沒有光還會有你?!

我：哦，也是啊。

影子：光是萬物之母。

我：這個我懂。

影子：我們活得比人類真實。

我：我保留自己的看法。對了，你的身高是多少？

影子：不固定，時高時低。

我：你像老鱉的頭伸縮自如啊。

影子：取決於光的角度。

我：那你的體重跟我一樣？

影子：我沒重量，但風吹不走我，雨也淋不濕我。

我：你從不吭聲。

影子：因為我的聲音跟你的聲音是一體。

我：好吧。那黑暗之中你去了哪裡？

影子：哪都沒去啊，一直跟著你。

我：我怎麼從未看到過你呢？

影子：那是因為你們人類的眼睛缺乏透視力。

我：是嗎？

影子：是的，狼就能在黑暗中看到我。

我：狼看到不會吃了你嗎？

影子：才不像你們人類呢，我們與狼互不侵犯。

我：跟狼簽署過和平協定？

影子：不需要。你還沒走出人類思維。

我：好吧。我想嘗試做一次影子。

影子：**攢錢買門票吧。**

我：票價多少？

影子：因人而異。

我：影子的世界也有腐敗和歧視？

影子：別誤會，逗你玩兒呢。免費！

我：怎麼才能搞到票？

影子：每個人都會得到一張票，早晚不同。我們只是暫為
　　　你們保管著。

我：……。

母鹿與雪豹

寂靜的夏日午後
雪豹在半山坡上假寐
夢見一隻母鹿
在河邊凝神

天上的雲朵
浮動在河面
流往森林的河
丟失了上游與下游

山巔的積雪
與獸骨的白相互折射
母鹿豎起耳朵
牠的眼裡
草在泛綠，天在旋轉

林風伴隨著山風
輕吹雪豹的鬍鬚
烈日當空
卻曬不化牠身上的雪點

豐腴的母鹿警覺著周圍

太陽無聲地移動
歸途和去路上
時間擱淺

河是一條生死界限
對岸的獵人和獵犬
都長著一雙千里眼
準星不分雄雌
食指與扳機是一對元凶

雪豹醒了
帶著一場雪
跑向山下
母鹿察覺了
披著一身梅花
逃回林中

三棵樹

並排長著的三棵樹
中間的那棵死了

只有死去的那棵樹上
築有鳥巢

三棵樹如同三兄弟
植樹人的墳頭早已長滿荒草

過客在樹下避雨乘涼
鳥在枝丫間飛走飛回

風的代言人
雷雨的沐浴者

烏雲壓頂，三棵樹像三座山
支撐著快要塌下的天

始終保持距離
各活各的，互不侵犯

彼此的根緊連一起

抵禦風暴來襲

並排長著的三棵樹
年輪裡藏著各自的祕密

死去的那棵
等待著某一天重新發芽

盜墓者

沿著無盡的路
狂奔。佩戴上
從墓穴盜來的銀飾
夢遊

生鏽的銅鏡
被重新磨光
返照出古老的面孔
冥器上的文字
還原悲鳴

一切都被風化了
名字、性別、骨骸、遺言……
唯有忠誠的陪葬品
保持原形
蝴蝶瓷枕、陶俑、蛇罐
它們的色彩依舊
墓獸的眼神
憤怒而無用

一夜間的大地上
又刨出大小不一的坑洞

不是埋葬死者
那是活人留下的
靈魂疤痕

天國遙不可及
銀河像一條蠕動的龍
與主宰人間的眾神
集體失明

彎月擱淺在夜空
樹林、道路、房屋、犬吠
被夜幕籠罩
偶爾滑落的流星
彷彿去點燃
熄滅經年的
長明燈

無題
——給高銀

1

江海匯流
與陸地相連的半島上
群山——
你的故鄉在綿延

2

一盞燈
在馬的體內點亮
那奮蹄的嘶鳴
迴響在你的詩篇

3

寺院的琉璃瓦
收留雲朵
佛殿前的沙地上
失蹤的腳印
是另一種虔誠

4

古樹上的空巢
失去象徵性
等待鳥兒飛回
漢江邊的哨所
目送著水的流動

5

念珠——
這掌中的宇宙
蘊藏你的靈感
每一顆都是星體
循軌旋轉

6

你四度入獄的鐵窗
都是時代的盲瞳
高高在上的小丑
早晚會摔得人仰馬**翻**

7

匿名暗箭射中的
不是肉體
而是良知
在時間的鏡中
嫉妒和暗算
遲早會顯露原形

8

與死神擦肩而過
與天使握手言歡
再好的酒
也灌不醉你的失眠

9

你門前的山坡上
紅遍的楓葉挽留夕陽
你客廳的一幅山水畫
還原溪水的淙淙

10

漢語
是你歷史的原形
日語
是你記憶的傷痛

11

每一首詩
都是從母語升起的地平線
從起點延伸
朝向沒有終點的終點

12

所有的江河都流往一個方向
只有你守護的漢江
源源不斷地
流向四面八方

悲傷

在海之海的對岸
在淚之淚的深處
披麻戴孝的人排著長隊

在院子裡的枯樹上
在屋頂的瓦片上
流動著看不見的寒氣

馬車載著棺木輾痛路
路切斷地平線延伸到墓地
刺眼的陽光沒有溫度

沒結冰的小河
死水一樣停止流淌
西風把雲趕到天邊
那裡是來世還是別的星球？

鳥無蹤影
是怯於不停的哭聲飛向了遠方？
花圈在土堆上盛開
那是母親最後的笑容

夢

迄今為止
我夢見過三次母親死去
有時
一隻大烏鴉飛到院落的樹上
呱呱呱叫個不停
夢中
幾次都悲傷得痛哭流涕
醒來後
母親安然無恙

昨晚又夢見了母親
夢中的母親
比平時看上去更精神
她做了一桌豐盛的飯菜
坐在餐桌旁
喊著我的乳名
夢中
我吃得很撐
夜半難受醒了

2021 年 1 月 12 日
北京時間 9 點 57 分

在家人的看護下
母親平靜地嚥了氣
跟毛澤東一樣，享年 83 歲

再見

與其說悲痛，莫如說
是誰都無法避免的結果

與其說詞語，莫如說是現實
所有的生命都無法回避

必然中的偶然
偶然中暗藏的必然

一出生就背負的宿命
從靈魂深淵湧出的心緒

逝者無論去往多遠
都會被生者深深銘記

流淌的河是與雪山訣別嗎？
凋謝的花不是從季節中離去

不是等待
而是意外

來無聲，去無影
只有面影鐫刻在悲傷的記憶

來世是最後的歸宿嗎？
因此，它一直在等待人類

一縷煙，或一座小土山
再見使人與天地相連

文學叢書 691

INK PUBLISHING 夢的標點——田原年代詩選

作　　者	田　原
總 編 輯	初安民
責任編輯	林家鵬
美術編輯	黃昶憲
校　　對	田　原　林家鵬

發 行 人	張書銘
出　　版	**INK** 印刻文學生活雜誌出版股份有限公司
	新北市中和區建一路 249 號 8 樓
	電話：02-22281626
	傳真：02-22281598
	e-mail：ink.book@msa.hinet.net
網　　址	舒讀網 http://www.inksudu.com.tw

法律顧問	巨鼎博達法律事務所
	施竣中律師
總 代 理	成陽出版股份有限公司
	電話：03-3589000（代表號）
	傳真：03-3556521
郵政劃撥	19785090　印刻文學生活雜誌出版股份有限公司
印　　刷	海王印刷事業股份有限公司

港澳總經銷	泛華發行代理有限公司
地　　址	香港新界將軍澳工業邨駿昌街 7 號 2 樓
電　　話	852-27982220
傳　　真	852-27965471
網　　址	www.gccd.com.hk

| 出版日期 | 2022 年 10 月　　初版 |
| ISBN | 978-986-387-603-8 |

定　價　**390** 元

Copyright © 2022 by　Tian Yuan
Published by **INK** Literary Monthly Publishing Co., Ltd.
All Rights Reserved
Printed in Taiwan

國家圖書館出版品預行編目資料

夢的標點
田園年代詩選／田原著 --初版,
新北市中和區：**INK**印刻文學,
2022. 10 面；14.8 × 21公分.（文學叢書；691）
ISBN　978-986-387-603-8（平裝）

851.487　　　　　　　　111011291

舒讀網